Hermann Lennert · Wasserratz

Ein fränkischer Kriminalroman

wifa
Verlag GmbH

Der Autor

Hermann Lennert

war über 40 Jahre Kriminalist in München, Nürnberg und Ansbach.

Er blickt zurück, auf unzählige kriminalistische Herausforderungen und spektakuläre Einsätze, bei denen er als Einsatzleiter Verantwortung trug. Dabei erlebte er sowohl skrupellose, eiskalte Täter als auch herzzcrrcißende Schicksale von Opfern und deren Angehörigen. Nichts Menschliches ist ihm fremd.

Dieser Beruf, der ihm Berufung war, ein nach wie vor ungetrübtes positives Menschenbild und die Liebe zu seiner fränkischen Heimat sind Grundlage für seine fränkischen Regionalkrimis.

Dem „Nachtgiger“, seinem Erstlingswerk im Jahr 2020, folgt nun der „Wasserratz“.

Wasserratz

Ein fränkischer
Kriminalroman

Hermann Lennert

wifa
Verlag GmbH

Titelbild: Sandra Mack
Gestaltung: Werner Finsterer
Lektorat: Richard Illig
Druck: Wifa-Druck Lauermann Inh. Bernd Kuznik
ISBN 978-3-932884-55-9

Prolog

Die Wasserratte oder, wie der Franke sagt, „der Wasserratz" kommt an Seeufern, Bächen und Karpfenweihern vor. Von den Teichwirten wird der reine Pflanzenfresser, der keinen Schaden anrichtet, gerne geduldet.

Andererseits hingegen gilt der wesentlich größere Bisam als Schädling. Der im Fränkischen fälschlich als „Bisamratz" bezeichnete Nager ist keine Ratte, sondern der größte lebende Vertreter der Wühlmäuse. Der ursprünglich in Nordamerika beheimatete Bisam hat sich in Europa als Neozoon etabliert. Wegen seiner langen, glänzenden Deckhaare war der Pelz der Tiere lange Zeit sehr gefragt. Für Teichwirte stellt der Bisam ein Problem dar, da er mit seinen Gängen und Bauten die Dämme und Befestigungsanlagen unterminiert. Zudem frisst er in vegetationsarmen Monaten auch Muscheln, Frösche und Fische. Als die Populationen vor etlichen Jahren überhand nahmen, wurden in Bayern sogar behördliche Bisambekämpfer eingesetzt.

Die Bezeichnung „Wasserratz" ist aber durchaus doppeldeutig. Kinder, die gerne und lange im Wasser baden und planschen, werden im Fränkischen liebevoll als „Wasserratz" bezeichnet. Immer wieder ist deshalb an fränkischen Badeufern der Satz zu hören: „Etz kumm raus, du klaner Wasserratz, du hast ja scho ganz blaue Lippen!"

… mafiös …

Bleiern hatte sich die Hitze des Sommers über den Tag gelegt. Verzweifelt suchten die Menschen Schatten und Abkühlung.

Der Schweiß floss ihm in Strömen über die Stirn, um in den Augen einen brennenden Schmerz zu verursachen. Dies zu verhindern war ihm nicht möglich. Beide Hände, ebenso wie seine Beine, waren mit Kabelbindern und Klebeband an den Stuhl gefesselt, auf dem er saß. Sein weißes Leinenhemd und der elegante italienische Maßanzug klebten am Körper. Sein gebräuntes Gesicht mit den korrekt geschnittenen dunklen Haaren hatte sich in eine klägliche Fratze verwandelt. Aus stolzer Arroganz wurde nach so vielen Stunden immer mehr eine Mischung aus ohnmächtiger Wut und Verzweiflung. Vergeblich versuchte der Mann, sich zu orientieren. Nur schemenhaft konnte er den weiß gekachelten Raum, ähnlich einer Waschhalle, erkennen. Nichts, was ihm einen Anhaltspunkt geben konnte oder auch nur irgendwie bekannt vorkam. Keine Ahnung, wie er hierhergekommen war und wie lange er schon gefesselt auf diesem Stuhl saß.

Sein Gegenüber betrachtete ihn mit halb geöffneten Augen und blickte lethargisch auf ihn herab. Langsam, wie in Zeitlupe, erhob sich der große, hagere Mann. Ihm schien die erbarmungslose Hitze nichts anzuhaben. Lediglich seine Brille war leicht beschlagen.

Stumm baute er sich vor seinem Opfer auf. Nahm den Zeigefinger des Gefesselten, legte eine Nylonschnur darum, zog ihn lang und band ihn an die Armlehne des Stuhls.

Gelassen drehte er sich zu einem Sideboard um, nahm von dort einen schweren Hammer, ging einen Schritt auf sein Opfer zu und schlug unvermittelt mit aller Wucht auf den fixierten Finger. Ein markerschütternder Schrei zerriss die Stille und hallte im Raum wieder. Blut floss über die Lehne und tropfte auf den Boden.

*

Fröhlich plaudernd schlenderten Biggi und Tom über den Stadtplatz von Gunzenhausen zum Eingang des italienischen Restaurants. Beide hatten sich anlässlich ihres Hochzeitstages schick gemacht: Sie trug ein apricotfarbenes Sommerkleid mit Spaghettiträgern, er eine beige Leinenhose, ein weißes Leinenhemd, das er sich im letzten Urlaub am Gardasee auf dem Markt von Malcesine gekauft hatte, und ein leichtes blaues Sakko mit Einstecktüchlein.

„Buona sera, Signora; salve, Dottore!", begrüßte sie der Kellner am Eingang jovial und geleitete sie durch das klimatisierte Restaurant an ihren reservierten Tisch.

„Grazie mille!", bedankte sich Biggi dafür, dass ihr der Kellner galant den Stuhl zurechtgerückt hatte.

„Heißt des etz eigentlich ‚Grazie mille' oder ‚Mille grazie'? Nie weiß ich, was da wirklich richtig ist."

„Keine Ahnung – ich glaub man kann beides sagen. Oder sagst halt bloß ‚Grazie', dann passts auf jeden Fall!", erklärte Tom.

„Hey, du bist so a Gscheiterla!", kommentierte Biggi Toms pragmatische Antwort.

Während Biggi ihre Handtasche über die Stuhllehne hängte, wanderten Toms Blicke bereits einmal quer durch das feine italienische Restaurant. Tische und Stühle aus Mahagoniholz, weiß geschlämmte Wände und eine raffinierte Beleuchtung verliehen dem Gastraum eine gehobene Eleganz. Einige großformatige, originale Aquarelle mit Motiven der Amalfiküste ließen Rückschlüsse auf die Herkunft der Betreiber zu.

Mit einem Prosecco als Aperitif stießen sie auf ihren Hochzeitstag an: „Zum Wohle, Frau Hoffmann und Danke für fünfzehn glückliche Jahre, mein Schatz!", erhob Tom sein Glas. „Lass das mit den Fünfzehn mal lieber weg, da komm ich mir so alt vor. Es genügt, wenn wir einfach nur auf unseren Hochzeitstag anstoßen. Aber, ich danke dir für alles und natürlich auch für die wunderschöne Halskette, die du mir geschenkt hast", antwortete Biggi, während sie Tom zuprostete.

Mit einer schwungvollen Handbewegung überreichte ihnen der Kellner die Speisekarte, aus der sie sich ein mehrgängiges italienisches Menü vom Feinsten auswählten: Insalata caprese, Pasta, Fisch und Meeresfrüchte mit gegrilltem Gemüse und als Dessert ein köstliches Tiramisu.

In vertrauter Zweisamkeit genossen sie das mediterrane Ambiente, plauderten über ihre Söhne und den Garten und beschlossen, erst im September, zum Ende der großen Ferien, eine Urlaubsreise zu unternehmen. „So schee, wies bei uns jetzt im Sommer immer ist, gibts echt keinen Grund wegzufahren. Mit den Seen vor der Haustür hommer doch wirklich alles, was mer brauchen!", meinte Tom und unterstrich damit den Urlaubsbeschluss. „Hast du eigentlich für morgen schon was geplant?" „Nö, nix – gar nix! Ich mach mir an faulen Lenz aufm Liegestuhl am Gartenteich und beweg mich maximal bis zur Gartendusche!", sagte Biggi und grinste. „Okay, dann mach ich mit den Jungs eine Mountainbike-Tour im Mönchswald und einen Abstecher zum Baden an den Altmühlsee. Dann musst am Sonntag auch mal net kochen. Wir kehren irgendwo ein und kaufen uns a Kleinigkeit."

Und schon brachten zwei Kellner den ersten Gang ihres bestellten Menüs. Genüsslich machten sie sich über die feinen Speisen her. Ihre Unterhaltung hatte sich jetzt auf einige sporadische Bemerkungen zur Zubereitung und zum Geschmack ihres Essens reduziert. Als sie auch mit ihrem Dessert fertig waren, trat nicht wie zuvor einer der beiden Kellner an ihren Tisch. Ein etwa 40-jähriger, schlanker, elegant mit dunkler Hose und Polohemd bekleideter Mann fragte in einer äußerst sympathischen Art nach ihrem Wohlbefinden. „Signora, waren Sie zufrieden? Haben wir Ihren Geschmack getroffen?

„Ja, wunderbar! Es hat hervorragend geschmeckt – wirklich sehr lecker!"

„Es ist mir immer eine Freude und Ehre zugleich, wenn ich so außergewöhnlich hübsche Frauen glücklich machen kann", ergänzte er mit einem schmeichelnden Lächeln. „Darf ich Ihnen ein Kompliment machen: Ihre dunklen Haare, so wie sie über Ihre gebräunten Schultern fallen, sehen zu Ihrem Kleid ganz bezaubernd aus – bellissima!"

Tom, dem die Schmeicheleien jetzt langsam zu viel wurden, unterbrach den Redefluss mit einem kurz angebundenen: „Wäre es vielleicht möglich, dass wir noch zwei Espressi bekommen könnten?" „Aber certo, Signore – lasse ich Ihnen sofort bringen. Sie sind zu beneiden, junger Mann! So eine wunderschöne Frau!"

„Ja, ich weiß! Und dann dürfen Sie uns auch die Rechnung gleich fertigmachen."

„Il conto, Dottore – selbstverständlich gerne!"

Als sich der Charmeur umgedreht hatte, grinste Biggi ihren Tom freudestrahlend an: „Ich hätt mir vor fünfzehn Jahren doch einen Italiener aussuchen sollen! Die hams halt einfach drauf!"

„Ja klar! Dann könntest etz Spaghetti kochen und zuschauen, wie dein Mann mit den Damen im Restaurant flirtet", stänkerte Tom zurück.

Über den Espresso waren die kleinen Sticheleien schnell wieder vergessen. Händchenhaltend verließen sie, nach der Begleichung einer durchaus üppigen Rechnung, das Restaurant.

„Oh Mann, is des no warm! Des kühlt selbst am Abend gar nimmer richtig ab. Was mach mer denn etz no, Bellissima?"

„Na etz, Dottore, fahrmer heim und machens uns no a bissle kuschlig."

„Ich hab a bessere Idee! Etz gemmer noch baden! Was meinst?"

„Ja, gar keine schlechte Idee – aber dann müss mer nackig baden, weil ich natürlich nix dabei hab."

„Si, certo, bellissima – nur so hab ich mir des vorgestellt! Ich fahr an kleinen Umweg über Absberg. Da unten am Igelsbachsee is es recht idyllisch und da simmer auch ganz alleine."

So steuerte Tom seine Familienkutsche über Absberg den Griesbuck hinunter, vorbei an Charly's Radlstadel an den Igelsbachsee, parkte auf dem Seitenstreifen direkt am See, nahm eine Decke und zwei Badetücher aus dem Kofferraum, die dort in weiser Voraussicht bereitlagen, und schlenderte mit Biggi einige hundert Meter den Uferweg entlang. Auf einer kleinen Wiese fanden sie einen romantischen Platz, der zwischen dem Schilf einen Zugang zum See bot. Aufgedreht kichernd zogen sich beide aus und rannten ins Wasser. Als sie schulterhoch im Wasser standen, umarmten sie sich und küssten sich leidenschaftlich. Dann ließen sie sich hineingleiten und schwammen langsam nebeneinander her auf den offenen See hinaus. Die Spiegelung des Mondes gab dem Wasser einen goldenen Glanz, der mit den Wellen der Schwimmbewegungen mystisch schimmerte.

„Lass uns bitte umkehren! Mir wirds a bissl frisch und außerdem so weit draußen auch a bissl unheimlich", bat Biggi.

Als sie das Ufer wieder erreicht hatten und aus dem Wasser gestiegen waren, rubbelte Tom Biggi mit dem Badetuch trocken. Dabei küssten und umarmten sie sich immer wieder. Als Biggi begann, Tom am ganzen Körper zu streicheln, stellte sich bei diesem sofort eine entsprechende Reaktion ein. Beide ließen sich auf die ausgebreitete Decke fallen und küssten sich intensiv weiter.

Unvermittelt fragte Biggi: „Wer war etz eigentlich der elegante Italiener, der mir so schmeichelhafte Komplimente gemacht hat?"

„Hey, du knutscht grad mit mir und denkst an den Casanova! Des is etz aber net besonders schmeichelhaft für mich", schmollte Tom.

„Des is einer der Neffen von Gennaro Donato, genannt Don Gennaro. Der gehört zur neapolitanischen Camorra und steht über einem Netzwerk von italienischen Lebensmittelgroßhändlern und Restaurants, die seine Neffen und sonstigen Verwandten betreiben. Wir versuchen seit einem viertel Jahr, die Strukturen dieses Netzwerkes aufzuarbeiten und herauszubekommen, welche illegalen Geschäfte hinter den legalen Strukturen abgehen.

Bei der großen Präsentation am Montag muss ich unsere Ergebnisse der Staatsanwaltschaft und der Polizeiführung vorstellen. Danach wird entschieden, ob die Erkenntnisse für einen Anfangsverdacht ausreichen und wir weitermachen können, um dieser Parallelgesellschaft endlich mal ihre Grenzen aufzuzeigen!", erklärte der Hauptkommissar, jetzt ganz in seinem Element.

Biggi indes hatte es fast die Sprache verschlagen: „Hey, du willst mir jetzt nicht erzählen, dass du mich zum Essen an unserem Hochzeitstag in ein Mafialokal ausgeführt hast, um dort in aller Ruhe und inkognito deine Milieustudien zu betreiben?"

„Nee, natürlich net! Des is a ganz normales italienisches Ristorante. Die kriminellen Hintergründe bekommt der normale Gast überhaupt nicht mit, und das Essen, des musst zugeben, ist wirklich erstklassig!"

Doch Biggi hatte bereits auf Durchzug gestellt: „Ich glaubs nicht! Du missbrauchst unseren Hochzeitstag für deine elenden Polizeispitzeleien. Des is so schäbig!"

Kochend vor Wut und mit Tränen in den Augen schlüpfte sie in ihren Slip, zog sich den BH und ihr leichtes Sommerkleidchen an, nahm ihre Schuhe in die Hände und ging ohne ein weiteres Wort barfuß auf dem Uferweg in Richtung Auto.

„Biggi, bitte, etz wart halt!" Schnell schlüpfte Tom in seine Klamotten und raffte Handtücher und Decke zusammen, um ihr zu folgen. Während er noch die Badesachen im Kofferraum verstaute, hatte Biggi sich bereits wortlos mit verschränkten Armen auf dem Beifahrersitz niedergelassen. Ohne einen weiteren Versuch zu unternehmen, irgendetwas zu erklären oder schönzureden, steuerte Tom den Wagen über Landstraßen durch kleine Dörfer in Richtung Wolframs-Eschenbach. Als sie in die Garageneinfahrt fuhren, konnten sie sehen, wie im Wohnzimmer das Licht und der Fernseher ausgingen. Ihre Söhne, die zu dieser späten Stunde längst schlafen sollten, hatten sich noch schnell verkrümelt.

Mit einem kurz angebundenen „Ich geh ins Bett. Gut Nacht!" verschwand Biggi und ließ Tom alleine im Wohnzimmer zurück. Mit der Fernbedienung des Fernsehers in der Hand grummelte der leise vor sich hin: „Ich bin so ein Hirnheiner – ich könnt mich in den Arsch beißen!"

Am nächsten Morgen zeigte sich Biggi beim Frühstück Tom gegenüber immer noch ziemlich reserviert. Zu ihren Söhnen war sie hingegen recht gut gelaunt und erzählte von dem feinen Essen beim Italiener, und dass sie noch nackig baden gewesen seien.

Als Tom mit den Jungs die Mountainbikes vom Schuppen auf die Straße schob, rief Biggi ihnen hinterher: „Viel Spaß, Jungs!"

Tom, der hoffte, bei der Verabschiedung auch mit eingeschlossen zu sein, antwortete: „Ja danke, dir auch einen schönen Tag!"

Im Besprechungsraum herrschte schon geschäftiges Treiben. Obwohl auch dieser Tag wieder außergewöhnlich heiß zu werden drohte, trug Tom einen blauen Anzug mit einem hellblauen Hemd und Krawatte. Seine kurzen blonden Haare standen wie immer ein bisschen strubbelig in die Luft. Mit einem fröhlichen „Servus Tom, na, schönes Wochenende gehabt?", begrüßte ihn sein Partner Günter Rager. „Mir ham scho mal die Bestuhlung so zurechtgerückt, dass mer alle in am großen Rechteck sitzen können. Der Beamer läuft und deine Powerpoint-Präsentation funktioniert auch."

Mit augenzwinkerndem Blick zu zwei Schreibkräften, die beide, völlig unüblich, weiße Blusen trugen und so Bedienungen in einem Kaffeehaus ähnelten, ergänzte er: „Die Mädels und ich, wir stellen jetzt dann noch Kaffee, Wasser, süße Teilchen und Kekse hin. Dann müsst eigentlich alles passen und die hohen Herrschaften können kommen. Ach, dass ichs net vergess: Für die Teilchen und die Kekse krieg ich noch siebzehn Euronen von Dir."

Eine Stunde später hatte sich der Besprechungsraum weitestgehend gefüllt: Aus der polizeilichen Führungsetage war der Vizepräsident mit einem Mitarbeiter, ein Kriminaldirektor aus dem Präsidium und Toms vorgesetzter Dezernatsleiter gekommen. Staatsanwalt Berger, dem Tom und sein Team regelmäßig zuarbeiteten, war in Begleitung seines Abteilungsleiters eingetroffen. Ihre Kooperationspartner der letzten Wochen und Monate, Matthias Wagner vom Bayerischen Landeskriminalamt, eine etwas pummelige, aber überaus lustige Beamtin der Steuerfahndung und ein ziemlich spaßbefreiter, älterer Zollfahnder hatten sich mit Günter vorab schon einen Kaffee genommen und fröhlich plaudernd zusammengestellt.

Als der Leiter des Dezernats zur Bekämpfung der Organisierten Kriminalität die Anwesenden bat, Platz zu nehmen, begann erst mal noch ein munteres Stühlerücken. Die Aufmerksamkeit konzentrierte sich zunächst ausschließlich darauf, ausreichend Kaffee, Wasser und Kekse vor sich zu positionieren. Der drahtige Dezernatsleiter in seinem hellgrauen Anzug, dem derartige Gepflogenheiten bekannt waren, wartete geduldig, bis sich jeder versorgt hatte. Dann begrüßte er die Gäste in eloquenter Professionalität und stellte das Team um Tom Hoffmann und dessen Kooperationspartner vor. Zur Präsentation der Ergebnisse der bisherigen Strukturermittlungen erteilte er Tom das Wort.

Ohne sich seine Nervosität anmerken zu lassen, begann Tom seinen Vortrag: Nach einigen allgemeinen Ausführungen zu den Mafiagesellschaften und deren Historie in Italien legte er schnell den Fokus auf die neapolitanische Camorra im Raum Neapel. Günter Rager hatte zeitgleich die Powerpoint-Präsentation geöffnet und eine Landkarte der Region um Neapel auf einen großen Bildschirm an der Wand hinter Tom eingeblendet. Ein roter Pfeil, der auf die südlich von Neapel gelegene Hafenstadt Salerno zeigte, unterstrich Toms Aussage, dass speziell der in Salerno ansässige Camorra-Clan der Ausgangspunkt ihrer Ermittlungen sei.

„Bevor wir in die Details einsteigen, möchte ich Ihnen einen Überblick geben: Vor rund 25 Jahren kam Gennaro Donato von Salerno nach Nürnberg. Damals lag der Clan in Salerno im Clinch mit einem konkurrierenden Clan, dessen Boss spurlos verschwand. Die Carabinieri konnten weder seine Leiche finden noch beweisen, dass er ermordet wurde. Man hat aber Spuren von Salzsäure in einer Kfz-Werkstatt gefunden, welche Donato damals in einem Industriegebiet in der Nähe des Hafens betrieb, und vermutet, dass er für den Mord und die Entsorgung der Leiche verantwortlich gewesen sein dürfte. Beweisen, wie gesagt, konnte man das jedoch nie. Auffällig war, dass Donato genau in dieser Zeit seinen Lebensmittelpunkt nach Nürnberg verlegt hat. Donato, den alle nur „Don Gennaro“ nennen, ist 54 Jahre alt, mit einer Deutschen verheiratet, wohnt in einer Jugendstilvilla in Erlenstegen und hat einen Sohn, der in Erlangen Jura studiert. Donato hat sich in wenigen Jahren ein Geschäftsimperium aufgebaut: Zwei Großhandelsgeschäfte für italienische Lebensmittel in Nürnberg, fünf herausragende italienische Restaurants in Nürnberg, Fürth, Ansbach, Dinkelsbühl und Gunzenhausen sowie mehrere Immobilien, vor allem einige Mietshäuser.

Wie er das alles finanziert hat, wurde damals von den Behörden nie hinterfragt. Man darf hier getrost vermuten, dass ihn der Clan aus Salerno mit einigen Finanzspritzen tatkräftig unterstützt hat. Erst als er vor einigen Jahren damit begann, seine Geschäfte für symbolische Beträge an Verwandte zu übertragen und selbst nur noch den Privatier zu spielen, wurden die Finanzbehörden aufmerksam.

Heute werden die Lebensmittelgroßmärkte von seinem Bruder und seiner Schwester beziehungsweise deren Ehemann betrieben. Die Restaurants führen seine Neffen. Die Immobilienverwaltung liegt in den Händen eines dubiosen Mannes aus Salerno, der mal kurzzeitig mit Donatos jüngerer Schwester verheiratet war. Dieser Ex-Schwager, Carmine Grillo, ist die auffälligste Figur in dem gesamten Netzwerk! Er ist viel unterwegs und koordiniert wohl Donatos Geschäfte. Und wenn ich Geschäfte sage, so meine ich auch illegale Geschäfte, die nach unserer Meinung hinter der Fassade der legalen Geschäfte abgewickelt werden. Lassen Sie mich dazu ins Detail gehen."

Nun begann Tom, jeden einzelnen Protagonisten dieses Netzwerkes und seine Aktivitäten zu beleuchten, und Günter ergänzte die Erläuterungen mit einer optischen Darstellung. Klick für Klick entwickelte sich auf dem großen Bildschirm ein weitverzweigtes Chart mit Symbolen für Personen, Objekten, Geld- und Warenflüssen.

„Soweit die Darstellung aus unserer Sicht. Was die italienischen Ermittlungsbehörden dazu meinen, kann Ihnen unser Kollege, Kriminalhauptkommissar Matthias Wagner vom Bayerischen Landeskriminalamt sagen. Er ist das Bindeglied zwischen den bayerischen Ermittlern und der Direzione Investigativa Antimafia, kurz DIA in Rom. Matthias bitte!"

„Brauch mer an Dolmetscher?", flachste Günter dazwischen, der um Wagners oberbayerischen Dialekt wusste, als dieser nach vorne trat.

„Wird nicht nötig sein, Kollege Rager. Ich werde mich bemühen, mich so zu artikulieren, dass ich auch verstanden werde", konterte Wagner. „Guten Morgen, meine sehr verehrten Damen und Herren! Ja, es ist in der Tat so, dass ich mit dem Team von Tom Hoffmann und der DIA in Rom schon seit einiger Zeit im Kontakt stehe und zu den Erkenntnissen, die die Kollegen hier gesammelt haben, auch schon ein Feedback aus Italien erhalten habe. Alle Personalien, die ich der DIA zur Überprüfung übermittelt habe, sind dem Camorra-Clan in Salerno zuzuordnen. Grundsätzlich arbeiten die Clans der Camorra weitestgehend eigenständig und sind nicht so eng miteinander verwoben und hierarchisch organisiert wie die Familien der Cosa Nostra auf Sizilien. Auf ihrem Gebiet kontrollieren sie aber nahezu alles. Das geht in Salerno vom Drogenhandel über den Blumenhandel am Hafen bis zu den Parkplätzen für Touristenbusse. Redens amoi mit einem Busfahrer, wenns die Gelegenheit haben. Die kennen in Italien die sicheren Parkplätze, welche sie schlicht als ‚Mafiaparkplätze' bezeichnen. Dort zahlt man a bisserl mehr, erlebt aber auch keine bösen Überraschungen.

Nachdem der Clan seine fetten kriminellen Gewinne nicht ausschließlich im Raum Neapel unterbringen kann, braucht es Statthalter wie Don Gennaro Donato hier in Nürnberg. Solche Dependancen haben die Clans überall auf der Welt. Allein bei der Wiedervereinigung Deutschlands wurden ganze Straßenzüge in ostdeutschen Städten von der Mafia aufgekauft. Dort reiht sich heute ein Nobelitaliener an den anderen. Diese Leute waschen die Gelder, indem sie sie in legale Geschäfte investieren und daraus legale Gewinne erwirtschaften. Überhaupt ist man sehr bemüht, nicht aufzufallen. Die Zeiten, in denen die Herrschaften ihre Machtkämpfe mit Waffengewalt ausgetragen haben, sind längst vorbei.

Man arrangiert sich heute in Managermanier bei Meetings. Trotzdem wird ein Großteil der Gewinne noch immer aus kriminellen Geschäften gezogen. Konkrete Beweise, welche illegalen Geschäfte unter dem Deckmantel des Netzwerks von Donato abgewickelt werden, hat man bei der DIA aber leider auch nicht. Weil Carmine Grillo aber im Umfeld von Donato mitmischt, vermuten die Kollegen in Italien, dass Drogen vertickt werden. Grillo ist in Italien mehrfach einschlägig vorbestraft.

Außerdem mutmaßen die Kollegen Schutzgelderpressung. Wie mir Tom und sein Team mitgeteilt haben, kauft nahezu jedes italienische Ristorante, jede Osteria und jede Pizzeria in ganz Mittelfranken seine Lebensmittel und Weine ausschließlich in einem der beiden Großhandelsgeschäfte. Das System funktioniert laut

Auskunft der italienischen Kollegen ganz einfach: Da zoihlst a bissl mera und scho hast dei Ruah! Will sagen: Es braucht keine vierkantigen, dubiosen Typen mehr, die vor Ort die Schutzgelder eintreiben. Schutzgelder werden mit der Begleichung der Lebensmittelrechnung überwiesen!"

„Wenn ich dazu was sagen darf?", meldete sich die Steuerfahnderin zu Wort, deren Aufregung, nachdem sich alle Augen auf sie gerichtet hatten, an ihren roten Backen erkennbar war. „Bei mehreren Betriebsprüfungen ist unseren Prüfern genau das aufgefallen. Die Lokalbesitzer bezahlen zum Teil horrende Preise für Lebensmittel und Weine. Und wenn man sie darauf anspricht, dass die gleichen Waren woanders deutlich billiger zu haben wären, sagen sie nur: „Isse besonders gute Qualität aus der Heimat!"

Mit einem verlegenen Lächeln und einer entsprechenden Geste gab sie das Wort an Wagner zurück.

„Jo mei, im Grunde genommen war des die Sicht der Dinge aus Italien. Erwähnenswert wäre aber noch, dass uns die DIA eine Vertrauensperson anbietet. Nachdem sie die Strukturen um Donato durch unsere Berichte zur Kenntnis genommen hatten, haben sie mich wissen lassen, dass sie jemanden hätten, den wir unter Umständen einschleusen könnten. Wenn des gewünscht wird, müssten wir uns halt amoi mit dene zamhocken, um über die Realisierung zu sprechen.

Meine Damen und Herren, ich bedanke mich für die Aufmerksamkeit und derf etz endlich wieder redn, wie mir der Schnobl gwachsen is!", schloss er lächelnd seinen Vortrag.

Auf Toms Bitte um weitere Wortbeiträge herrschte zunächst betretenes Schweigen. Dann meldete sich der Zollfahnder mit einem kurzen Statement: Seine Behörde sähe überhaupt keine Möglichkeiten, aktiv zu werden. Es gäbe weder Kontrollmöglichkeiten der Warentransporte im Schengen-Bereich noch bei den Geschäften hier in Mittelfranken, da man davon ausgehen müsse, dass die Beschäftigten aus Italien kommen und EU-Freizügigkeit genießen würden.

„Dann darf ich mal unseren Erkenntnisstand zusammenfassen." Staatsanwalt Berger erhob sich schwungvoll von seinem Platz und trat nach vorne. Braun gebrannt und mit seinen exakt geschnittenen kurzen grauen Haaren machte er in seinem beigen Sommeranzug mit weißem Polohemd einen überaus agilen, weltmännischen Eindruck.

„Die Ermittler und ich, wir sind uns einig: Das, was wir bisher zu dieser Struktur zusammentragen konnten, sind lediglich Indizien. Wir vermuten Geldwäsche, Schutzgelderpressung und Drogenhandel! Alles Offizialdelikte, bei denen wir laut Gesetz zum Ermitteln verpflichtet sind. Aber – dazu müssten wir zumindest einen konkreten Anfangsverdacht und nicht nur Vermutungen haben."

Mit Blick zu seinem Abteilungsleiter ergänzte er: „Aktuell sehe ich noch keine Möglichkeit, strafprozessuelle Maßnahmen durchzuführen. Also Klartext: Wir brauchen noch Butter bei die Fische!"

Der Vizepräsident, der aufgrund der Temperaturen, die zwischenzeitlich im Besprechungsraum herrschten, seine Uniformjacke abgelegt hatte, ergriff das Wort. Auch im kurzen weißen Uniformhemd mit den goldenen Schulterklappen wirkte er immer noch souverän, fast staatstragend:

„Parallelgesellschaften sind in einem Rechtsstaat inakzeptabel! Auch wenn sie scheinbar unsichtbar sind und die Bevölkerung von deren Existenz überhaupt nichts mitbekommt.

Wenn Herr Staatsanwalt Berger und unsere Ermittler richtigliegen, wovon ich ausgehe, begehen diese Herrschaften diverse Straftaten. Also machen wir uns daran, dies zu beweisen! Ich bedanke mich für die Präsentation des Zwischenergebnisses. Ich danke allen Beteiligten für die bislang geleistete Arbeit und wünsche weiterhin viel Erfolg!"

Dann wandte er sich an Staatsanwalt Berger und seinen Abteilungsleiter und lud sie zu einem gemeinsamen Mittagessen ein.

Da Tom etwas verdutzt dreinschaute, als die Runde sich aufzulösen begann, klopfte ihm sein Dezernatsleiter auf die Schulter:

„Sauber gmacht, Tom – gut präsentiert! Du hast es ghört. ihr macht weiter. Is halt net so leicht, denen das Handwerk zu legen. Des sin Profis, des weißt du doch selber. Also: kein Grund zu resignieren. Setzt euch intern no amol zamm und schaut, welche Maßnahmen noch erfolgversprechend sind. Und des mit der V-Person aus Italien, des probieren wir auf jeden Fall!“ Mit einem aufmunternden Augenzwinkern drehte er sich um und schloss sich dem Vize und den Staatsanwälten an.

„Ja mi leckst am Orsch – is des hoaß bei eich! Gemma etz a poor Bratwürstl essen, oder wos hobts sonst no zu bieten in Nürnberg?“, fragte Wagner jetzt in seinem gewohnten Urbayerisch.

„Gute Idee, Hias! Los Tom, etz zieh endlich dei Krawattn aus und komm! Gemmer Richtung Hauptmarkt runter. Na kömmer ja a no a bissl beratschlagen, wies weitergehen soll“, schlug Günter vor.

So schlenderten die drei durch die Fußgängerzone zum Hauptmarkt, wo sie gerade noch einen Sitzplatz im Freien vor einem Bratwurstlokal ergatterten. Sichtlich froh darüber, die repräsentative Aufgabe erledigt zu haben, genossen sie ihre „Sechs mit Kraut“ im Zinnteller.

„Schnecken checken macht im Sommer voll Spaß – oder?“, grinste Günter.

„Wos moant er?“, fragte Wagner, der Günters Ausdrucksweise nicht verstanden hatte.

„No, dass er halt einfach gern die Madli mit die kurzen Röckli nochschaut, der alte Depp!“, erklärte Tom.

„Dir gib i glei an alten Depp!“, drohte Günter und schob sich die letzte Gabel Bratwurst mit Kraut in den Mund.

Auf dem Weg zurück zum Polizeipräsidium gönnten sie sich jeder noch ein paar Kugeln Eis in der Waffel. Am Ehekarusell beim Weißen Turm verabschiedete sich Matthias Wagner und versicherte, dass er nach den einhelligen Vorgaben von Staatsanwaltschaft und Polizeiführung Kontakt mit Rom aufnehmen und den Einsatz der avisierten Vertrauensperson in die Wege leiten werde. Hierzu erklärte er Tom, dass er sich auf eine Dienstreise nach Rom einstellen und dafür mit seinem Präsidium eine schriftliche Kostenübernahmeerklärung vorbereiten solle. Die genauen Modalitäten würden die Italiener sicherlich nur bei einer persönlichen Absprache vor Ort treffen wollen, mutmaßte Wagner aufgrund seiner Erfahrung bei ähnlichen Unternehmungen. Mit einem fröhlichen „Servus Buam!“ schwang er sich am Besucherparkplatz des Präsidiums in seinen Dienst-BMW und brauste davon.

Mit der überraschenden Aussicht auf eine Dienstreise nach Rom marschierten die beiden gut gelaunt in den abgesicherten Bereich der OK-Dienststelle. Tom beschloss, gleich noch seinen Dezernatsleiter zu informieren und zu fragen, mit wem er denn die bürokratischen Kostenübernahmeregelungen absprechen müsse. Dieser war keineswegs erstaunt darüber, dass der Einsatz einer italienischen Vertrauensperson in einem Ermittlungsverfahren in Bayern vor Ort abzusprechen ist. Wegen der Kostenübernahme bot er Tom die Unterstützung seines persönlichen „Sachbearbeiters Einsatz“ an, was dieser dankend annahm. Weniger erfreut war Tom allerdings über die klare Anweisung, dass nur er alleine und sie keinesfalls zu zweit diese Dienstreise unternehmen dürften – zumal der Dezernatsleiter sicher davon ausging, dass Wagner als Vertreter der bayerischen Zentralstelle und Vermittler von Haus aus an der Dienstreise teilnehmen werde.

Wohl wissend, wie Günter auf diese Anweisung reagieren würde, trottete Tom zurück in sein Büro.

„Buongiorno, mi chiamo Günter Rager, commissario capo – piacere!“

"Brauchst gar net Italienisch üben, wir dürfen net zu zweit. Ich flieg mit dem Matthias alleine!“

„Hat des der Dezl angeordnet? Hey, des is ja widder amol typisch. Wenn die Herren Direktoren in ganzen Delegationen durch die Weltgschicht zu irgendwelchen Pseudokongressen reisen, da spielen die Steuergelder keine Rolle. Aber wenn ein kleiner Ermittler mal a Zuckerla kriegn soll, dann wirds ihm verwehrt. Bimbam Hollerstauden – do könnt ich mich aufregen!“, beendete Günter seine Schimpftirade.

Damit war die Stimmung für den Rest des Tages am Tiefpunkt. Selbst das Angebot Toms, dass Günter an seiner Stelle nach Rom fahren könne, war für diesen keine Überlegung mehr wert. Die Entscheidung war zu seinen Ungunsten gefallen – „und damit basta!“, beendete er die aufkeimende Diskussion.

Am nächsten Morgen hatte er sich seine Welt schon wieder zurechtgerückt. Mit der Bemerkung, dass es in Rom sowieso unerträglich heiß sein werde, sei er nun regelrecht froh darüber, nicht mitfahren zu müssen. Amüsiert nahm Tom dies zur Kenntnis und ging zur Tagesordnung über.

Zusammen mit dem Mitarbeiter des Dezernatsleiters erarbeitete er zum einen eine Kostenübernahmeerklärung und zum anderen eine Einsatzkonzeption für den italienischen Vertrauensmann.

Am Nachmittag meldete sich Matthias Wagner mit der Nachricht, dass Tom und er bereits am kommenden Montag bei der DIA in Rom avisiert seien. Vorab habe er von dort schon erfahren, dass der V-Mann mit der jüngeren Schwester von Donato und deren Ex-Ehemann Carmine Grillo persönlich bekannt sei. Über die genauen Modalitäten wäre dann in Rom zu sprechen. Wagner sicherte zu, dass er sich um alles weitere, also Flugtickets, Hotel usw. kümmern werde und Tom lediglich am kommenden Sonntag bis spätestens 11 Uhr am Bayerischen Landeskriminalamt in München sein müsse. Geplant habe er die Anreise für Sonntag, damit man noch etwas Sightseeing machen könne. Am Montag würde man dann den V-Mann-Einsatz absprechen und fix machen und am Dienstag zurückfliegen.

Tom stimmte begeistert zu. Nachdem er sich einen Kaffee aus der kleinen Küche der Dienststelle geholt hatte, bat er seine Kollegen Günter Rager und Joe Kramer zu einer Besprechung in sein Büro. Alle drei nahmen an einem kleinen runden Tisch in der Ecke des Büros Platz. Gespannt lauschten sie Toms Ausführungen zu dem geplanten V-Mann- Einsatz. Günter, nur mit einem T-Shirt bekleidet, unter dessen Achseln leichte Schweißflecken erkennbar waren, sah durchaus eine Chance, in der Sache weiterzukommen, wenn man die V-Person tatsächlich direkt an Grillo andocken lassen könnte. Joe, wie immer mit leicht gegelten Haaren, Dreitagebart und im Hawaiihemd, war hingegen skeptischer. Er fürchtete, dass gerade Grillo niemanden an sich ranlassen würde, wenn er, wie sie mutmaßten, mit Rauschgiftgeschäften beschäftigt sei.

Einig waren sie sich darüber, dass dies erst dann zu beurteilen und zu realisieren sei, wenn man den V-Mann und dessen Legende genauer kennen würde. Angesichts der Tatsache, dass sie aber ansonsten ziemlich ratlos waren, wie sie noch weitere Erkenntnisse zum Netzwerk um Donato gewinnen konnten, bot der V-Mann-Einsatz zumindest eine neue Perspektive. Tom beauftragte Joe mit der Betreuung und Führung des V-Mannes. „Mach ich gern! Wenns Verständigungsschwierigkeiten geben sollte, würde ich mir halt die Gianna zum Dolmetschen hinzuziehen."

„Des wor mir so was von klar, dass du wieder mal jede Gelegenheit nutzt, um mit der Gianna rumzumachen", stänkerte Günter.

„Ja, etz schau mer erst mal; angeblich spricht der V-Mann ja perfekt deutsch", beruhigte Tom das kleine Wortgefecht.

... mysteriös ...

Als Tom zwei Tage später am frühen Morgen vom Bediensteten-parkplatz zum Präsidium marschierte, spielte er mit dem Gedanken, etwas früher Schluss zu machen und am morgigen Tag Überstunden abzubauen. Mit dem freien Freitag könnte er den sonntäglichen Reisetag kompensieren. Seine Familie würde sich bestimmt darüber freuen, zumal der Haussegen noch immer ein bisschen schief hing.

Mit Jeans, Turnschuhen und einem hellblauen Polohemd bekleidet, dachte er, innerlich schmunzelnd, er habe den Casual Friday ja eh schon vorweggenommen.

Doch seine gute Laune auf einen verfrühten Start ins Wochenende löste sich schon zwei Stunden später in Luft auf:

Als sein Telefon klingelte, meldete sich am anderen Ende der Leitung Kriminaloberkommissar Erich Matthäus von der Vermisstenstelle, den alle nur „Lodda" nannten.

„Servus Lodda, was verschafft mir die Ehre – was kann ich für die Vermisstenstelle tun?"

„Servus Tom, ich glaub, ich kann was für dich tun. Wenn ich richtig recherchiert hab, sagt dir der Name Gennaro Donato was, oder?"

„Ja freilich, wieso?"

„Weil der von seiner Ehefrau bei mir vor einer halben Stunde telefonisch vermisst gemeldet wurde. Angeblich geht er schon seit dem letzten Wochenende ab. Ich würde jetzt dann zu ihr rausfahren, um die Sache aufzunehmen. Wenn du magst, kannst mich ja begleiten?"

„Mögen tu ich net, aber es wird mir nix anderes übrigbleiben."

„Okay, dann treff mer uns in einer Viertelstunde in der Tiefgarage bei meinem Dienstfahrzeug. Du weißt ja, wo wir unsere Parkplätze haben?"

„Ja schon. Ach, übrigens, machts dir was aus, wenn ich den Günter Rager noch mitbringe? Ich muss die nächsten Tage dienstlich weg, und wenn sich mehr ergeben sollte, wäre der von Anfang an eingeweiht."

„Nö, von mir aus, gemmer halt zu dritt zur Frau Donato. Also bis gleich!"

Vor einem schon etwas in die Jahre gekommenen 3er BMW wartete Lodda auf Tom und Günter. In seiner hellen, weiten Sommerhose, dem langärmligen, weiten Leinenhemd, welches sich über seinen Bauch spannte, und seinen halblangen, grauen Haaren ähnelte er mehr einem in die Jahre gekommenen alternativen Yogalehrer als einem Kriminalbeamten. Und mit seinem Namensgeber hatte er schon gleich überhaupt nichts gemein.

„Servus, die Herren – pack mers!? Bei uns gibts leider keine solchen Luxuskarossen wie bei der OK. Wir müssen uns meistens mit den Ausgesonderten begnügen. Also schwingt eure Alabasterkörper rein, dann schau mer mal, was uns die Frau Donato zu erzählen hat!"

„Weißt du denn schon irgendwas? Wann, wo und wie der verschwunden ist?", wollte Günter wissen.

„Nö, Günter, die hat sich von der Vermittlung durchstellen lassen und mir nur gesagt, dass ihr Mann seit dem letzten Wochenende verschwunden sei. Mehr weiß ich auch noch nicht."

„Dann brauch mer etz auch gar net spekulieren. Wart mer einfach, was sie uns zu sagen hat. Und bitte, Lodda, der Frau Donato nicht auf die Nase binden, dass wir von der OK sind", bat Tom.

So steuerte Lodda ziemlich entschleunigt durch den Stadtverkehr Richtung Erlenstegen, wo er dank Toms Anweisungen bis direkt in die Kiesauffahrt der Jugendstilvilla fuhr.

Während die drei aus dem BMW stiegen, erschien eine junge Frau mit Schürze an der Haustür, die ihnen erklärte, dass sie von

Frau Donato bereits im Wohnzimmer erwartet werden würden. Schon die Eingangshalle machte ihnen mächtig Eindruck: Der Boden war mit großen weißen Marmorfliesen belegt. Ein prächtiges Treppenhaus mit ebenholzfarbenem geschnitztem Geländer führte in das obere Stockwerk.

Das Wohnzimmer war modern und elegant, aber durchaus gemütlich eingerichtet.

Frau Donato, eine beeindruckende Erscheinung mit perfekt frisierten, halblangen blonden Haaren und einem dezent geschminkten, freundlichen Gesicht, erwartete sie sitzend auf einem Sessel der weißen Ledercouchgarnitur. Sie stand kurz auf, reichte den Beamten die Hand, an der sie extravagante Ringe und Armkettchen trug, und bot ihnen an, Platz zu nehmen.

Mit Blick zu ihrer Hausangestellten forderte sie diese auf, den Herren etwas anzubieten.

Nachdem man sich auf drei Espressi und Wasser geeinigt hatte, stellte sich Matthäus selbst und seine Kollegen als Beamte der Vermisstenstelle vor und bat Frau Donato, ihnen zu erzählen, was geschehen sei.

Sehr gefasst und konzentriert schilderte Frau Donato:

„Mein Ehemann, Gennaro Donato – er ist Italiener, wir sind aber schon seit über 20 Jahre verheiratet und wohnen hier in Nürnberg – geht jeden Abend in die Stadt, wo er in einer Espressobar noch etwas trinkt und sich mit Freunden trifft. So war das auch am vergangenen Freitag, also heute vor einer Woche. Normalerweise ist er früher oder später am Abend dann wieder zu Hause. Wenn er später kommt, bin ich manchmal auch schon im Bett. Wir haben getrennte Schlafzimmer, so dass ich nicht immer mitbekomme, wann er heimkommt. Vergangenen Freitag ist er jedenfalls nicht nach Hause gekommen. Am Samstagmorgen war sein Bett unberührt. Telefonisch konnte ich ihn auch nicht erreichen. Ich hab mir aber zunächst noch gar keine Sorgen gemacht, weil er gelegentlich auch schon mal geschäftlich für ein paar Tage abwesend ist, ohne dies im Detail mit mir vorher abzusprechen. Ja, was soll ich sagen? Seither ist er spurlos verschwunden, und jetzt mach ich mir doch schon Sorgen!"

„Warum haben Sie denn mit Ihrer Vermisstenmeldung fast eine ganze Woche gewartet?", wollte Lodda von ihr wissen.

„Hab ich nicht. Ich war gleich am Sonntag hier bei unserer Polizeiinspektion. Dort wurde mir gesagt, dass ein erwachsener Mann machen kann, was er will, und sich von seiner Ehefrau auch nicht abmelden müsse, wenn er mal für ein paar Tage nicht nach Hause kommt. Dem Rat, noch ein paar Tage abzuwarten, bin ich gefolgt. Jetzt wollte ich allerdings nicht nochmals mit den uniformierten Herren von der Inspektion sprechen, sondern gleich die richtigen Ansprechpartner der Vermisstenstelle kontaktieren, weshalb ich Sie angerufen habe."

„Wie ist denn Ihr Mann in die Stadt gekommen, und was hat er alles mitgenommen?"

„Wie immer, zu Fuß! Mitgenommen hat er außer a bissl Bargeld, welches er zusammengerollt in der Hosentasche trägt, nur sein Handy. Also es ist alles noch da: Das Auto steht in der Garage, der Geldbeutel mit Kreditkarte, Ausweis und so weiter liegt auf seinem Schreibtisch im Arbeitszimmer. Ja, und es fehlen auch keine Klamotten oder Waschutensilien."

„Ich bräuchte dann bitte ein aktuelles Foto von Ihrem Mann, seinen Kamm und seinen Ausweis, bitte!"

Frau Donato stand auf, und auf dem Weg zur Tür sagte sie, jetzt doch sichtlich beunruhigt: „Bringen Sie mir meinen Mann wieder!"

„Tot oder lebendig!", ergänzte Günter ihren Satz in Westernmanier, als sie die Wohnzimmertür hinter sich geschlossen hatte.

Matthäus hatte zwischenzeitlich seine Formblätter bereitgelegt und bat Frau Donato, nachdem sie ihm Foto und Ausweis übergeben hatte, um ihre Personalien.

„Elisabeth Donato – geborene Neumeier – 51 Jahre – deutsche

Staatsangehörige – verheiratet …", diktierte sie diese, wie gewünscht. Die weitere Protokollierung zog sich dann etwas hin. Ebenso entschleunigt, wie er Auto fuhr, protokollierte Lodda den Sachverhalt. Als er sich auch noch sämtliche Geschäftsadressen notierte und die Namen der Betreiber buchstabieren ließ, hätte Tom am liebsten gesagt, dass er diese zu Hause alle im Computer gespeichert habe. Günter genoss zwischenzeitlich seinen Espresso und die kleinen Süßigkeiten, welche die Hausangestellte auf den Tisch gestellt hatte.

Auf die Frage, was sie denn selbst glaube, was mit ihrem Mann geschehen sein könne, antwortete sie:

„Ich weiß es doch auch nicht. Aber ich hab kein gutes Gefühl. Wenn er früher schon mal für ein paar Tage verschwunden war, hatte ich manchmal auch kein gutes Gefühl. Aber dieses Mal ist es irgendwie anders. Wissen Sie, mein Mann kommt aus dem Raum Neapel und hat von dort viel Unterstützung erhalten, als er das hier alles aufgebaut hat. Er hat wahnsinnig viel gearbeitet. Lebensmittel, Weine, Olivenöle und so Sachen aus seiner Heimat hierher importiert, Immobilien erworben und einen Handel aufgezogen. Dann ein Restaurant eröffnet, dann noch eins – heute sind es fünf gutgehende Restaurants. Da musste er sich mit vielen Leuten arrangieren – und keine Leistung ohne Gegenleistung. Ich bin vielleicht nicht die Intelligenteste, aber auch nicht doof. Ich hab auch Augen und Ohren und einiges mitbekommen, mit wem er da seine Geschäfte gemacht hat und noch macht."

Tom war völlig verblüfft. Solche Worte aus dem Mund der Ehefrau von Don Gennaro. Das war wie eine Kurzfassung all dessen, was er in den letzten drei Monaten zusammengetragen hatte.

„Da brauchens etz gar net so erstaunt schauen, Herr Hoffmann. Ich weiß schon, dass sich die Kripo mehr für die Geschäfte meines Mannes und seine Geschäftspartner interessiert als für die Tatsache, dass ich ihn vermisst melde. Oder warum sonst kommt die Vermisstenstelle gleich mit drei Mann hoch?", wobei sie bei „Vermisstenstelle“ mit den Zeigefingern Anführungs- und Schlussstriche in die Luft malte.

„Und um Ihre Fragezeichen in den Augen ein für alle Mal aus der Welt zu schaffen, Herr Matthäus, sag ich Ihnen jetzt auch gleich mal vorab: Ich habe meinen Mann nicht umgebracht. Ich bin die einzige Tochter einer großen Metzgerei, hier, zwei Kilometer stadteinwärts. Nachdem meine Eltern relativ früh gestorben sind, habe ich das Haus umbauen lassen. Seither sind unten zwei Läden und oben vier Wohnungen drin. Allein von dieser Miete könnte ich gut leben. Außerdem überweist mir mein Mann monatlich einen stattlichen Betrag, so dass ich ein wunderbares Leben führen kann. Und mein Mann und ich, wir lieben uns noch immer. Er ist ein charmanter, großzügiger, warmherziger Mann, der halt gelegentlich seine Freiheit braucht. Italiener – des hab ich von Anfang an gewusst. Gennaro will mit mir in ein paar Jahren in seine Heimat umsiedeln. Wir haben dort an der Amalfiküste eine Villa am Meer, wo wir jetzt schon immer unseren Urlaub verbringen. Das ist für mich das Paradies! Außerdem haben wir einen Sohn. Leonardo ist mein ganzer Stolz, zu dem wir beide das allerbeste Verhältnis haben. Glauben Sie wirklich, ich würde ihm so etwas antun?

Also bitte, ersparen Sie sich die Mühe und mir die Unannehmlichkeiten, dass Sie die Ursache für das Verschwinden meines Mannes bei mir suchen!“

„Also wirklich Frau Donato, die Süßigkeiten und der Espresso, echt sensationell!“, bemerkte Günter, um von der aufkeimenden Missstimmung abzulenken.

„Ja, gell, die Ricciarelli, diese Mandelkekse könnt ich auch pfundweise essen! Alles aus dem Großhandel von meinem Mann. Kriegen Sie hier sonst nirgends!“ Schlagartig hatte sich ihre Miene aufgehellt. Günter, mit seinen dunklen Haaren und seinen braunen Augen, hatte es ihr offensichtlich angetan.

Matthäus nutzte die versöhnlichen Töne, um seinerseits die

Protokollierung des Vermisstenfalles abzuschließen, und versicherte, dass man Frau Donato auf dem Laufenden halten werde. Diese signalisierte ihrer Angestellten, die Herren zur Tür zu begleiten und trat selbst, sichtlich nachdenklich, auf die mit blühenden Oleanderstöcken dekorierte Terrasse.

„Da sag ich doch net Nein! Ich bin für jede Unterstützung dankbar. Wir bei der Vermisstenstelle sind Einzelkämpfer. Ermittlungsgruppen oder Sonderkommissionen – so was gibts bei uns net." Dankbar nahm Matthäus das Angebot von Tom an, die Sache gemeinsam zu bearbeiten, aber offiziell unter der Flagge der Vermisstenstelle zu belassen. So baten sie ihn, mit in die Räume der OK-Dienststelle zu kommen, um das weitere Vorgehen abzustimmen.

Nachdem sie sich kühle Getränke geholt und einen Happen gegessen hatten, setzten sich die drei gemeinsam mit Joe Kramer in den Besprechungsraum.

„Also, um ehrlich zu sein, wir bieten dir die Unterstützung natürlich nicht ganz uneigennützig an. Wir versuchen seit einiger Zeit, ein kriminelles Netzwerk um Gennaro Donato aufzudecken, kommen aber nicht über die legale Fassade hinaus. Wenn wir jetzt mit der Vermisstensache persönlichen Kontakt zu diesen Personen aufnehmen und einiges hinterfragen könnten, hätten wir zumindest eine Chance, um weiterzukommen", stellte Tom fest, um ihr Angebot zu erläutern.

Nach den üblichen Standards gefragt, welche er jetzt unternehmen würde, erklärte „Lodda" Matthäus, dass er jetzt erst mal das Handy von Herrn Donato orten lassen und die Verbindungsdaten anfordern würde.

„Dann muss er natürlich intern zur Fahndung ausgeschrieben werden. Alle seine Bekannten, insbesondere die Geschäftspartner, müssen befragt werden. Beginnen würde ich mit dem Betreiber der Espressobar", fuhr Matthäus fort.

„Okay, das teilen wir unter uns auf, dann sind wir relativ schnell damit durch. Ich würde vorschlagen, dass wir noch schauen, ob es Videoaufzeichnungen zwischen Wohnung und Espressobar gibt. Und ich würde die Italiener verständigen – vielleicht liegt ja die Ursache für sein Verschwinden gar net bei uns hier. Und was meint ihr, was hinter dem Verschwinden von Don Gennaro steckt?“, fragte Tom in die Runde.

Nach kurzem Schweigen ergriff Günter das Wort: „Also einen Suizid schließe ich kategorisch aus. Ich glaub auch net, dass er sich mit einer Tussi vom Acker gemacht hat, und auch nicht, dass er aus irgendeinem anderen Grund untergetaucht ist. Das hätte er vorbereitet und es hätten sich Anzeichen dafür feststellen lassen: Ausweis und Kreditkarte weg, Klamotten weg, fehlendes Bargeld oder Kontobewegungen und so weiter.“

Zustimmend nickte die Runde, weshalb sich Günter ermutigt sah, seine Einschätzung weiter zum Besten zu geben:

„Eine Entführung mit Lösegeldforderung kann ich mir auch net vorstellen. Da hätte ihn seine Frau nicht vermisst gemeldet. Des hätten die Herrschaften schön sauber alleine geregelt. Da wären ganz schnell a paar Profis zur Verfügung gestanden, um die Sache über die Bühne zu bringen. Ich glaub, dass die Frau Donato ihr ungutes Gefühl zu Recht hat.“

„Das heißt, dass er wahrscheinlich umgebracht wurde. Stellen sich zwei Fragen: Erstens: Wer hätte einen Grund, Don Gennaro umzubringen? Und zweitens: Wieso ist seine Leiche nicht aufgetaucht?“, fügte Tom hinzu und spann Günters Gedanken weiter.

„Da tippe ich doch mal in allererster Linie auf die Jungs von der Camorra. Vielleicht hat Donato bei seinen Geschäften einen Fehler gemacht, oder er ist zu gierig geworden und hat a bissl was für sich abgezweigt. Vielleicht drängt aber auch die Konkurrenz auf den Markt und hat den Marktführer kurzerhand mal aus dem Weg geräumt. Ein Mann dieses Kalibers lebt gefährlich. Den umzulegen, dafür gibts bestimmt viele Gründe. Das wäre auch die logische Erklärung, warum seine Leiche verschwunden ist. Dass diese Herren ihre Opfer auch gern mal auf Nimmerwiedersehen verschwinden lassen, das wissen wir doch. Ham wir doch oft genug von den Carabinieri gehört – in Salzsäure aufgelöst, oder was es da sonst noch für Möglichkeiten gibt". Günter Rager hatte sich seine Meinung gebildet.

„Etz macht mir mal bitte keine Angst", warf Lodda ein. „Mit solchen Sachen möchte ich eigentlich lieber nix zu tun haben."

„Keine Angst, Lodda, wir sind doch bei dir und passen auf dich auf", grinste Günter.

„Okay, ist im Moment alles noch spekulativ. Aber wir sind uns einig, dass ein Mord an Donato nicht unwahrscheinlich ist. Mit welchem Motiv auch immer – da kann alles Mögliche dahinterstecken", fasste Tom zusammen.

„Aber, dass sie ihn umgebracht hat oder den Mord in Auftrag gegeben hat, kann ich mir auch net vorstellen", wandte Günter ein.

„Kann sich der liebe Günter nicht vorstellen, weil er sich a bissele verliebt hat, in die schöne Frau Donato", erklärte Tom mit einem Augenzwinkern in Richtung Joe Kramer.

„Attraktive Menschen finden sich halt sympathisch. Da muss mer gar net neidisch sein, Herr Hoffmann! Sag lieber, wies weitergehen soll!", erwiderte Günter schnippisch.

Nach einer kurzen Gedankenpause begann Tom, Arbeitsaufträge zu verteilen: Joe Kramer bekam die Handyauswertung, die Fahndungsausschreibung und die Videoaufzeichnungen zugeteilt. Günter Rager und „Lodda" Matthäus die Befragung der Kontaktpersonen, beginnend mit dem Betreiber der Espressobar. Tom selbst klemmte sich ans Telefon, um über Matthias Wagner die Antimafiadirektion in Rom vom Sachverhalt zu unterrichten.

Toms familienfreundliche Gedanken auf ein verlängertes Wochenende hatten sich längst in Wohlgefallen aufgelöst. Die heitere Stimmung beim Frühstück im Hause Hoffmann am nächsten Morgen verursachte ihm nur Gewissensbisse. Er wusste genau, dass er auch den Samstag über mit der Suche nach Gennaro Donato beschäftigt sein werde. Und die für Sonntag geplante Reise nach Rom würde ihm den letzten Rest Freizeit mit seiner Familie am bevorstehenden Wochenende rauben. Entsprechend missmutig kaute er auf seiner Honigsemmel herum, während Biggi und seine Jungs sich köstlich über einige Internetfilmchen amüsierten, die Felix, der ältere der beiden, geschickt bekommen hatte.

„Könnt ihr jetzt net mal beim Frühstücken eure Scheißhandys weglegen?", motzte Tom.

„Achtung Jungs, der Herr des Hauses ist not amused! Ältere Herren bevorzugen zum Frühstück Ruhe und die Tageszeitung!", lästerte Biggi als Zeichen der Verbrüderung mit ihren Söhnen.

Kichernd ergänzte Jakob, der Jüngere: „Papas Welt ist halt noch ziemlich analog."

„Also ich checks nicht, warum man veraltete Nachrichten in einer Zeitung liest, wenn man die aktuellen Informationen direkt haben kann. Des is schon krass – oder?", legte Felix nach, um es auf die Spitze zu treiben.

„So, jetzt is dann auch mal wieder gut, ihr drei Gscheitmeier. Ich muss – hab a Menge Arbeit." Und zu Biggi gewandt ergänzte er: „Sorry, Schatz, ich weiß noch net, wann ich heut raus komm. Kann sein, dass ich morgen vielleicht auch mal kurz rein muss."

„Ja, aber, du fliegst doch am Sonntag nach Rom. Dann hammer ja gar nix vom Wochenende."

Schnell drückte er ihr einen flüchtigen Kuss auf den Mund und verschwand.

Wie nicht anders zu erwarten, hatten die ersten Recherchen zum Aufenthalt von Donato noch nichts erbracht. Günter berichtete, dass die Espressobar in der Nähe der Tafelhalle, also rund drei

Kilometer vom Wohnhaus entfernt, läge. In der Bar würde eine Treppe zu einer verglasten Galerie nach oben führen. Dort habe Donato seine „allabendlichen Audienzen" abgehalten.

„Das waren keine gemütlichen Stammtischrunden unter Landsleuten. Don Gennaro hat dort Hof gehalten, á la ‚Der Pate', wenn ihr versteht, was ich meine! Da sind seine Geschäftspartner, die alle wussten, dass er dort am Abend zu finden ist, aufgetaucht, um mit ihm zu sprechen. Heut vor einer Woche, also an dem Freitag, als er verschwunden ist, war zum Beispiel sein Neffe aus Dinkelsbühl, der dort ein Restaurant betreibt, bei ihm in der Bar gewesen. Das sind hin und zurück über zweihundert Kilometer, um ein Pläuschchen zu halten. Der Carmine Grillo dürfte übrigens auch dort gewesen sein. Aber auf jeden Fall bestätigt der Betreiber, dass Donato mehrere Stunden bei ihm war und die Bar gegen 22 Uhr verlassen habe. Aufgefallen sei ihm aber nichts."

Joe berichtete, dass er die Recherchen zu Donatos Handy auf den Weg gebracht, aber bislang noch keine Antwort von der Telefongesellschaft erhalten habe. „Die polizeiliche Fahndung nach Donato ist bundesweit im System. Was meint ihr eigentlich zu einer Öffentlichkeitsfahndung? Vielleicht bekämen wir ja a paar Hinweise."

Nach einer kurzen Abwägung entschieden sich die Kriminaler dagegen. Zunächst wollte man erst alle anderen Ansätze abarbeiten, bevor man mit einem Foto die Öffentlichkeit informierte.

„Okay, dann fangen Lodda und ich heut damit an, die Geschäftspartner abzuklappern", entschied Günter, und, zu Matthäus gerichtet, ergänzte er: „Wir nehmen unser Dienstauto. Ich fahr schon. Kannst ders bequem machen. Ich fahr gern!"

Schmunzelnd nickte Tom und vereinbarte seinerseits mit Joe, nach Erlenstegen zu fahren, um den Weg vom Haus zur Bar abzugehen und nach Videokameras Ausschau zu halten.

Stunden später kamen die beiden mit einem ziemlich ernüchternden Ergebnis, völlig verschwitzt, zur Dienststelle zurück. Einige Videoüberwachungen in den Einfahrten von Privathäusern, die sie überprüft hatten, entpuppten sich für sie als völlig nutzlos, da deren Abschirmung nicht bis in den öffentlichen Verkehrsgrund reichte. Bei einem Autoverleiher, bei dem der Kamerawinkel perfekt gewesen wäre, wurden die Aufzeichnungen nach 24 Stunden automatisch überspielt. Einzig eine Tankstelle in der Nähe der Espressobar hatte noch Aufzeichnungen von dem relevanten Freitag. Dieses Material zu finden und auf einen USB-Stick zu speichern war für den Betreiber der Tankstelle aber eine EDV-technische Herausforderung sondergleichen. Nur durch Toms telefonische Vermittlung mit einem Kollegen der Cybercrime gelang es nach einer gefühlten Ewigkeit, die Aufzeichnung zu sichern und mitzunehmen.

Nachdem zwischenzeitlich auch die Daten der Telefongesellschaft übermittelt worden waren, begannen beide mit der Auswertung der Telefon- und Videodaten.

Am späten Nachmittag meldete sich Günter und berichtete von wenig ergiebigen Gesprächen mit den beiden Lebensmittelgroßhändlern und den Restaurantbetreibern in Nürnberg und Fürth.

Für die Fortsetzung der Ermittlungen verabredeten sie sich für Samstagvormittag um 9 Uhr, was, wie Tom im Hintergrund am Telefon hören konnte, zu massiven Protesten von Matthäus führte.

Nichtsdestotrotz war er am nächsten Morgen pünktlich erschienen. Da keines der beiden Teams einen Erfolg vermelden konnte, war die Stimmung eher nachdenklich.

So beschloss man einfach, die Befragungen der Restaurantbetreiber durch Günter und „Lodda“ fortzusetzen. Tom beabsichtigte, gemeinsam mit Joe Carmine Grillo zu kontaktieren.

Unter der von Frau Donato erhaltenen Handynummer meldete sich Grillo sofort. Überaus freundlich bot er an, ins Polizeipräsidium zu kommen. Auch mit Toms Gegenvorschlag, zu ihm zu kommen, erklärte er sich bereitwillig einverstanden und gab ihm die Adresse seines Immobilienverwaltungsbüros in Langwasser.

Unter der genannten Adresse fanden sie ein wenig adrettes, fünfstöckiges Hochhaus.

Über einen Aufgang aus Waschbetonplatten gelangten sie zur gläsernen Eingangstür. „SALERNO Immobilien" stand auf dem Klingelschild und dem Briefkasten, der zur Wohnung rechts unten gehörte. Noch bevor sie klingeln konnten, surrte der Türöffner.

Wenige Schritte weiter erwartete sie Carmine Grillo bereits in der Eingangstür zu den Büroräumen. Völlig anders als erwartet und mit dem dreiteiligen Foto der italienischen Polizei, welches Tom von Grillo hatte, nicht vergleichbar, stand ihnen eine überaus sympathische Erscheinung gegenüber: Mit einem leichten Sommeranzug und offenem Hemd bekleidet, schlank, leicht gebräunt, mit Brille, lächelte er sie freundlich an und bat sie einzutreten. Auch die Büroräume, offensichtlich die umgebaute Erdgeschosswohnung, machten, im Gegensatz zum äußeren Eindruck des Gebäudes, etwas her: Exklusives Mobiliar, mit Bürostühlen aus Leder und einer dazu passenden Sitzgruppe, wirkten sehr edel.

„Guten Tag die Herren, schön, dass Sie mir den Weg erspart haben. Bitte nehmen Sie doch Platz. Sie erlauben, dass ich Ihnen Wasser und Espresso serviere? Sie müssen sich bitte nur einen kleinen Moment gedulden. Meine Mitarbeiterinnen sind heute nicht im Büro, da muss ich das selbst übernehmen!" – drehte sich um und verschwand in der Tür der kleinen Designerküche.

Mit einem Blick auf Joe Kramer stellte Tom einmal mehr fest, dass er Günter Rager wesentlich lieber als Partner an seiner Seite hatte. Joe trug Bermuda-Shorts, was er mit der Bemerkung, dass ja schließlich Wochenende sei, gerechtfertigt hatte. Für Tom war dies angesichts der Befragungssituation völlig unangemessen und ärgerlich.

Mit schwungvoller Eleganz kredenzte Grillo die Getränke und ließ sich dann in einen der Ledersessel fallen.

Tom stellte Kramer und sich vor, während er seinen Dienstausweis über den Glastisch hinweg vorzeigte.

„Wir wollen von Ihnen wissen, was Sie uns zum Verschwinden von Herrn Donato sagen können. Seine Ehefrau hat ihn vermisst gemeldet. Seit einer Woche hat sie nichts mehr von ihm gehört."

„Mi dispiace – niente!", antwortete er auf Italienisch, was Tom, bei Grillos perfektem Deutsch, als Anzeichen von Nervosität deutete.

„Ja, ich habe schon mitbekommen, dass er seit Tagen verschwunden ist. Aber ich kann mir beim besten Willen nicht erklären, was die Ursache dafür ist. Andererseits – er ist ja auch kein Kind. Don Gennaro – äh, Herr Donato weiß schon was er tut. Vielleicht muss er ja nur irgendwas erledigen!?"

„Haben Sie denn etwas davon mitbekommen, dass es geschäftliche, oder Probleme gegeben hätte, oder sonst etwas von der Art?"

„Nein, absolut nicht. Alles in bester Ordnung", versicherte Grillo treuherzig.

„Sie waren gestern vor einer Woche, also an dem Freitagabend, als er verschwunden ist, auch in der Espressobar bei der Tafelhalle. Was hatten sie denn mit ihm zu besprechen?"

„Niente – wir haben nur was getrunken. Es gab nichts zu besprechen."

„Und sein Neffe aus Dinkelsbühl – was wollte der an diesem Abend von ihm?"

„Tut mir leid, das weiß ich nicht. Die beiden saßen eine Zeit lang oben auf der Galleria und haben gesprochen. Um was es ging, weiß ich aber nicht."

„Und Sie machen die Immobilienverwaltung für Herrn Donato?"

„Na ja, richtiger für die SALERNO Immobilien. Die Wohnungen

gehören alle einer Gesellschaft, nicht Herrn Donato – müssen Sie wissen. Alleine hier im Haus haben wir neun vermietete Wohnungen, und es gibt schon noch ein paar Objekte, die uns gehören. Da gibt es jede Menge zu tun für meine Mitarbeiterinnen und mich", erklärte Grillo in einem nonchalanten geschäftsmäßigen Ton.

Tom war schnell klargeworden, dass Grillo sich nicht in die Karten schauen ließ. Weder zum Verschwinden von Donato noch zu den Geschäften war etwas aus ihm herauszubekommen. So blieb es bis zur Verabschiedung beim unverbindlichen Plauderton. Hoch und heilig versicherte Grillo mit treuherzigem Blick, sich sofort zu melden, wenn er etwas über den Aufenthalt von Donato erfahren sollte.

„Voll der Sympathieträger, der Herr Grillo. Wenn wir net wüssten, dass er a vorbestrafter Camorrista ist, würd ich ihn heut Abend zum Grillen einladen", brummte Joe und brachte damit seinen Eindruck auf den Punkt.

„Ja mei, wenn des rechte Plappermäuler wären, hätten sie sich net so gut etabliert und es hätt ihnen scho längst jemand das Handwerk glegt", bestätigte Tom.

Nach einem Telefonat mit Günter verabschiedete sich Tom von Joe, der sich wieder über die Telefon- und Videodaten gemacht hatte.

„Ich geh heut früher heim, um mein Köfferchen zu packen. Wir fliegen ja morgen Mittag schon von München ab. Wenn alles planmäßig läuft, bin ich am Mittwoch wieder da. Die Rückreise ist für Dienstag gebucht. Also machs gut, schönes Wochenende noch!"

Welch ein strahlend schöner Sonntagmorgen, dachte Tom, als er mit seinem dienstlichen 3er BMW Touring Richtung München fuhr. Irgendwie war er froh, allem ein bisschen entfliehen zu können. Die zähen, unbefriedigenden Ermittlungen und die gereizte Stimmung zu Hause hatten seine sonst so optimistische Einstellung schon seit Tagen getrübt. Da kam ihm die Reise nach Rom gerade recht. Mit Matthias Wagner, dem urbayerischen Münchner, verstand er sich schon immer gut. Dessen engagiertes, konstruktives Arbeiten und seine lässige Art gefiel Tom. Außerdem erwartete sie in Rom keine schwierige Aufgabe. Mit einer Vollmacht und der Kostenübernahmeerklärung des Polizeipräsidiums in Nürnberg ausgestattet, sollte es eigentlich nur eine Formalie sein, diese Vertrauensperson für ihre Ermittlungen zu verpflichten, zumal der Vorschlag dafür von den Italienern selbst gekommen war.

An der rückwärtigen Einfahrt des Bayerischen Landeskriminalamtes in München parkte er auf dem Seitenstreifen vor der Pförtnerloge ein. Beim Aussteigen schob er seine Sonnenbrille auf die Stirn, zückte seinen Dienstausweis und erklärte dem Pförtner, dass er nur einen Kollegen zusteigen lassen wolle und gleich wieder wegfahren werde. Mit einer gelangweilten Geste sagte der Bärtige im Trachtenhemd: „Nuuu – schon gut, Herr Kolläsche!"

„Griaß di, Tom!", rief Matthias Wagner so laut, dass er das Scheppern seines Rollköfferchens übertönte, und klopfte Tom freundschaftlich auf die Schultern. Schnell verstaute er seinen Koffer und setzte sich auf den Beifahrersitz. Noch während Tom den Wagen startete, erkundigte sich Wagner, ob es denn schon Neuigkeiten zum Verschwinden von Don Gennaro gäbe.

„Leider nein. Weiß der Teufel, was mit dem is. Seit einer Woche einfach spurlos verschwunden. Aber ich sag immer, es gibt nix Negatives, was net auch was Positives hat: Mit der Vermisstensache haben wir jetzt einen guten Grund, mit all den Herrschaften, die wir aus unseren Recherchen kennen, mal persönlich Kontakt aufzunehmen. Gestern haben wir dem Carmine Grillo einen Besuch abgestattet. Außerordentlich freundlich und eloquent für einen vorbestraften Ganoven."

„Hm, ich bin gespannt, was die in Rom dazu meinen. Vielleicht ham die eine Erklärung."

Wagner hatte bei der Inspektion der Flughafenpolizei einen Parkplatz im Innenhof reserviert, wo Tom seinen BMW abstellen konnte. Eine junge Kollegin brachte sie mit einem Streifenwagen zum Abflugterminal. Mit Blick auf die große Anzeigentafel stellten sie fest, dass noch genügend Zeit für eine kleine Brotzeit war. So schlenderten die beiden in einen Bereich mit mehreren Cafés und Imbissläden. An einem mit viel kitschiger bayerischer Deko versehenen „Münchner Biergarten" blieb Wagner stehen: „Wos moanst?"

„Ja, von mir aus. Is ja fast wie aufm Oktoberfest", stimmte Tom zu. Die Wahl fiel, wie hätte es auch anders sein sollen, auf Weißwürste mit Brezen, die sie sich an der Theke selbst holen mussten. Am Biertisch umgab sie ein babylonischer Sprachenwirrwarr. Fluggäste aus aller Welt genossen hier den vermeintlichen „Bavarian lifestyle".

Auf dem Weg zum Gate rief Tom Biggi an: „Hi, ich bin gut angekommen. Wir sind schon auf dem Weg zum Einchecken. Und bei euch – alles okay?"

„Ja klar Tom, alles gut. Die Jungs und ich, wir kochen uns grad Saiblingsfilets mit Kartoffeln und Gemüse! Und heut Nachmittag fahrmer zum Baden. Es is ja schon wieder so heiß!"

„Schön Biggi, ich hab auch schon was Gsundes gegessen: Fette, greisliche Weißwürst mit einer „frischen" Brezn von gestern zum Schnäppchenpreis von 17 Euro 80. Also machts gut und sag den Jungs an Gruß! Ciao!" Einmal mehr hatte er das Gefühl, dass Biggi immer noch sauer auf ihn war. Ihre Antwort war freundlich, aber es fehlte die sonst so vertraute liebevolle Wärme in ihrem Ton.

Während sie in der Abflughalle auf ihren Flug warteten, erklärte Wagner, wie es zu dem Angebot mit der Vertrauensperson von Seiten der italienischen Behörden gekommen war: „I hob dene ja ollwei mitgeteilt, wos ihr in Nürnberg über Donato und seine Burschen ermittelt hobts. Nachdem de in Italien ja oft gor nimmer an die Clans rankemma, versuchen se zumindest dort zu unterstützen, wo ihre Mafiosi im Ausland grod aktiv san. Auf jeden Fall homs mich wissen lassen, dass se an Kollegen, den „Toni Soundso“ bei der Polizia di Stato in Rom hätten, der aus dem gleichen Kaff bei Salerno kommt wie die Donato-Familie. Angeblich is der mit der Schwester des Donato, die mit dem Grillo verheiratet war, ind Schul ganga. Der hat scheinbor a scho in Deutschland gelebt und a scho als verdeckter Ermittler gearbeitet. Den tatns freistellen, so dass wir ihn einschleusen kannten. Mehr woas i im Moment a no net. Aber de wolln hoit ois nur persönlich absprechen. I halt des zwar scho für a bissl übertrieben, dass mer extra deswegen zu eana nach Rom kemma müssen.“

„Aber ehrlich gsagt, des is mei geringstes Problem, Matthias. Wenn des klappen sollt, dann müsst mer nimmer länger an der Oberfläche kratzen und hätten endlich a Chance, hinter die Fassade zu schaun.“

Einer Lautsprecherdurchsage folgend, reihten sie sich am Schalter ein, um in ihren Flieger einzusteigen.

In der Ankunftshalle am Flughafen Fiumicino wartete eine Menschentraube auf die Ankommenden. In überschwänglicher italienischer Manier begrüßten sich Menschen lautstark. Mitten unter ihnen stand ein sportlicher junger Mann und hielt ein Schild mit der Aufschrift „HIAS“ in die Luft. Mit einem Augenzwinkern lenkte Wagner Toms Aufmerksamkeit auf diesen mit der Bemerkung: „Sauguat, oder?“

Zu Toms Verblüffung legte Wagner in fließendem Italienisch los: begrüßte den jungen Mann, erkundigte sich nach seinem Wohlergehen, stellte Tom vor und fragte, wie lange die Fahrt zum Hotel dauern würde. Dagegen nahm sich Toms italienische Begrüßung „Buon giorno, sono Tom“ recht bescheiden aus.

Als sie das klimatisierte Flughafengebäude verließen, schlug ihnen erbarmungslose Hitze gepaart mit höllischem Lärm entgegen. Massimo, ihr junger persönlicher Betreuer, führte sie zu seinem zivilen Alfa Romeo, mit welchem er sie sehr rasant und unter Darbietung mehrerer riskanter Überholmanöver ins Zentrum brachte. Die Tatsache, dass er dabei auch noch ständig mit seinem Handy telefonierte, wirkte auf seine Fahrgäste weit weniger beeindruckend, als er dies offensichtlich selbst dachte.

Auf der Piazza vor dem Pantheon parkte er, etwas unorthodox, direkt vor einem Hotel. Mit einer triumphierenden Geste und einem „Prego, signori!“ setzte er seiner Fahrt ein Ende.

Scherzend verabredete sich Matthias mit ihm für den kommenden Morgen, und bis sie sich umschauten, war er auch schon mit quietschenden Reifen davongefahren.

„Oiso, nocha lass mers uns etz erst amoi a bissl guat geh!“, schlug Matthias vor. Während Matthias an der Rezeption eincheckte, bestaunte Tom das sehr ansprechende Ambiente ihres Hotels. Auch das Zimmer entsprach ganz Toms Geschmack: Grüne Brokatvorhänge, eine entsprechende Überdecke auf dem Bett und eine ganze Reihe von Lampen und Deckenstrahlern zauberten eine mediterrane Gemütlichkeit in den Raum. Als Tom die Vorhänge zurückzog, blickte er direkt auf das Pantheon und das sonntägliche „dolce far niente“ auf der Piazza unter ihm. Einen Moment glücklichen Urlaubsfeelings überwältigte ihn und ließ ihn ins Philosophieren kommen: So sinnierte er darüber, wieso Rom die „Ewige Stadt“ genannt wird und warum Goethe in seiner Italienischen Reise von der „Hauptstadt der Welt“ schrieb. Schnell machte er mit seinem Handy ein Foto von der Piazza und schickte es per WhatsApp an den Familienchat mit der Info, dass er gut angekommen sei.

Nachdem sie sich frisch gemacht hatten, trafen sich die Kommissare in der Eingangshalle des Hotels. „Is doch ganz okay, oder?“, fragte Matthias mehr rhetorisch, um gleich zu erklären, dass er eigentlich immer hier absteigen würde, wenn er in Rom sei. Dann übernahm er die Reiseleitung: „Zuerst kannt ma uns an Kaffee und wos Siaßes glei draußen auf der Piazza gönnen. Dann mach ma an Spaziergang. Ich schlag vor: Forum Romanum, Kolosseum, dann schwenk ma Richtung Spanische Treppe und zum Schluss zum Fontana di Trevi. Do kenn i a sehr gute Osteria, wo mer no a bissl wos Abendessen kannten. Wos moanst?“

„Einverstanden, pack mers!“

Bedächtig und deutlich langsamer als erlaubt, steuerte er seinen Mercedes Camper auf dem kleinen Sträßchen durch die Badegäste, die auf dem Weg vom Strand zu ihren Autos auf den überfüllten Parkplätzen waren. Der heiße Sonntag hatte unzählige Menschen, die sich jetzt langsam wieder auf den Heimweg machten, an die Seespitze unterhalb von Absberg getrieben.

An dem Betriebsgelände mit mehreren Holzgebäuden, die sich im Karree zum See hin ausrichteten, stoppte er vor dem doppelflügeligen Holztor, stieg aus, schloss das Tor auf, fuhr hinein und sperrte es hinter sich wieder zu. Im Innenhof, geschützt vor neugierigen Blicken, parkte er sein Fahrzeug direkt an einem Hallentor. Ruhig, fast wie in Trance, verließ er sein Fahrzeug, sperrte zuerst die Halle und dann eine eiserne Seitentür zu einem danebenliegenden Raum auf. Unerträgliche, schwüle Hitze hatte sich hier aufgestaut und machte das Atmen schwer. Mit einem kurzen Blick vergewisserte er sich, dass sein Opfer noch immer gefesselt und geknebelt auf dem in der Mitte des gekachelten Raumes fixierten Stuhl saß. Regungslos, in sich zusammengesackt, mit dem Kopf nach unten auf der Brust, hing der Gefesselte da. Konzentriert zog er sich Gummihandschuhe an, wandte sich dem Gefesselten zu und berührte ihn. Ihm war klar, dass er seinem Opfer keine Schmerzen mehr zufügen konnte. Jegliches Leben war aus diesem gewichen. Einzig und allein die Fesseln hatten ihn in der Sitzposition auf dem Stuhl gehalten. Eiskalt, ohne die geringste Gefühlsregung, griff er sich ein Cuttermesser und begann damit, dem Leichnam die Fesseln, das um den Kopf geklebte Klebeband und die Klamotten vom Leib zu schneiden. Nur noch mit einer Designerunterhose bekleidet war der leblose Körper auf eine Plastikfolie am Boden gerutscht. Mit größter Sorgfalt füllte er eine Flüssigkeit aus einer Plastikflasche in eine Sprühflasche um, schraubte den Sprühkopf auf und besprühte die Leiche von allen Seiten mit der Flüssigkeit. Dann wickelte er den Körper in die Plastik-

folie und verschnürte das Paket mit einem Seil. Zufrieden verließ er den Raum, um auf dem Betriebsgelände mehrere Pflastersteine zu holen. Diese steckte er in einen blauen Müllsack und verstaute die zerschnittenen Kleidungsstücke, Kabelbinder und Klebebänder darin. Mit einem festen Knoten verschloss er auch dieses Paket. Verschwitzt streifte er sich die Gummihandschuhe ab und trat in den warmen Sommerabend hinaus. Nachdem er einige tiefe Atemzüge aufgesogen hatte, zog er einen Trailer mit einem Anglerboot aus einem überdachten Unterstand und hängte es an die Anhängerkupplung seines Campers.

Nun musste er geduldig sein. Bis zur absoluten Dunkelheit würde es noch Stunden dauern. So ging er über den Innenhof hinunter zum Seeufer, zog sich aus und schwamm hinaus. Danach legte er sich erschöpft ins Gras und ließ sich von der Luft trocknen. Er trank eine Flasche Mineralwasser und wartete. Kurz vor Mitternacht – er war kurz eingeschlafen – schreckte er hoch und stand auf, um sein Werk abzuschließen.

Unter größten Anstrengungen schleifte er den verpackten Leichnam aus der Halle hinaus auf das Boot. Auch den beschwerten Müllsack legte er dazu. Nachdem er alles sorgfältig verschlossen hatte, fuhr er mit seinem Gespann einige hundert Meter weiter an die Sliprampe des Großen Brombachsees. Hier an der Seespitze ließen Angler immer wieder ihre Boote zu jeder Tages- und Nachtzeit zu Wasser. Beruhigt, alleine zu sein, schob er den Trailer die Rampe hinunter, ließ das Boot ins Wasser gleiten, um es zunächst am Steg festzumachen. Nachdem er den Trailer auf der Wiese abgestellt und sein Fahrzeug geparkt hatte, zog er sich eine weite Jacke über und setzte sich einen breitkrempigen Hut auf den Kopf. Vom Holzsteg kletterte er in das Boot, befestigte pro forma eine Angel an einer Vorrichtung, drehte den Elektromotor auf und fuhr auf den See hinaus.

*

... strapaziös ...

Tom und Matthias tauschten heimlich skeptische Blicke aus, als sie in Massimos Alfa Romeo Platz nahmen. Dieser begrüßte seine Gäste überschwänglich und bestens gelaunt. Seine euphorische Stimmung drückte sich dann auch, wie von beiden nicht anders erwartet, in seinem Fahrstil durch den morgendlichen römischen Berufsverkehr aus. Trotzdem dauerte die Fahrt bis zur Direzione Investigativa Antimafia fast eine Stunde, wo sie sich erleichtert bei ihrem Chauffeur bedankten.

Toms Erwartung, nun gleich die Modalitäten des V-Mann-Einsatzes besprechen und klären zu können, blieben erst mal unerfüllt. Ein freundlicher Capo Commissario, der mit seinen kurzen grauen Haaren einem römischen Senator, wie man sie aus Filmen kennt, glich, holte sie an der Pforte der DIA ab. Auf direktem Weg führte er sie über die Straße in eine Espressobar. Inmitten des geschäftigen Treibens drängte er sich an die Theke und orderte drei Espressi sowie drei Cornetti. Mit einem breiten Grinsen stellte er Tom und Matthias das Frühstück auf einen kleinen runden Stehtisch und forderte sie auf, zuzugreifen. Diese Geste der Gastfreundschaft unterstrich er noch damit, dass er beiden jeweils zwei kräftige Löffel Zucker in ihren Espresso kippte. „Buono!“, signalisierte Tom, als er in das Frühstückshörnchen mit Vanillecreme gebissen hatte. Aus der weiteren italienischen Unterhaltung zwischen Matthias und dem Commissario konnte Tom verstehen, dass dieser Enzo Garibaldi hieß und offensichtlich der Verantwortliche für den V-Mann-Deal sein müsste.

Zwischendurch erklärte Matthias, dass er Enzo bereits aus vielen Telefonaten kennen würde, aber bislang noch nie persönlich getroffen habe.

Nachdem sie das Angebot, noch einen Grappa zu nehmen, dankend abgelehnt hatten, schlenderten die drei zurück zur Dienststelle: Ein funktioneller Bau aus den Sechzigerjahren, dem jeglicher Charme fehlte. Mit einer Geste schleuste Enzo seine Gäste am Pförtner vorbei und geleitete sie durch mehrere Flure zu einem Aufzug. Im obersten Stockwerk traten sie in einen Flur, der eine beachtliche Größe und Eleganz aufwies.

Enzo klopfte an einer reich verzierten Holztür und trat mit ihnen in ein Empfangsbüro ein. Eine adrette Sekretärin im hellblauen Kostüm war sichtlich erfreut, Enzo zu sehen und begrüßte ihn mit Küsschen auf die Wangen. Sie mussten noch einen Moment warten, bis sie ihnen die Durchgangstür zum Chefbüro öffnete. Dort saß hinter einem mächtigen Schreibtisch der Direttore, ein eleganter älterer Herr, mit stattlicher Figur, kahlem Schädel und Dreitagebart. Er trug einen dunklen Anzug mit Krawatte und passendem Einstecktüchlein. Sich offensichtlich seiner Erscheinung bewusst, erhob er sich, trat ihnen ein paar Schritte entgegen und begrüßte sie mit sonorer Stimme. Kaum hatte er seine Gäste gebeten, sich in der Sitzgruppe niederzulassen, sprang auch schon die Tür auf und die Sekretärin kredenzte mit einem Augenzwinkern zu Enzo Espresso mit süßem Gebäck. Sofort begann ein quirliges Plaudern, von dem Tom nur mehr Bruchteile verstand. Matthias hingegen war voll involviert und plapperte fröhlich mit.

Ein erster Schluck Espresso zog Tom fast die Beine weg. So stark und ein Geschmack wie alte Autoreifen, dachte er für sich, während er in Richtung des Direktors eine anerkennende Mimik versuchte. Ein Schluck Wasser beruhigte zumindest seine Geschmacksnerven. Ansonsten war er innerlich ziemlich aufgewühlt. Nachdem er dummerweise beim Frühstück im Hotel gleich zwei Espressi getrunken hatte, war dies bereits die vierte Koffeininjektion an diesem Vormittag. Auch dass sich keinerlei Anzeichen dafür erkennen ließen, endlich mal mit produktiver Arbeit zu beginnen, machte ihn zusätzlich nervös und ungeduldig.

Die fröhliche Plauderei hatte sich zwischenzeitlich zu einem desillusionierten Statement des Direktors zur Mafiabekämpfung verwandelt. In Bruchstücken verstand Tom die Ausführungen, … dass alle Regionen Italiens südlich von Rom von Mafiaorganisationen wie der Camorra, der N'dranghetta, der Sacra Corona Unita oder der Cosa Nostra beherrscht würden, … dass die politisch Verantwortlichen machtlos oder korrupt seien, … dass das Krebsgeschwür nicht zu besiegen sei und Metastasen in Amerika und ganz Europa gebildet habe …

Endlich – nachdem der Direktor seinem Frust Luft gemacht hatte und nur noch wortloses Nicken als Antwort bekam, endete der Anstandsbesuch. Auf dem Weg zu Enzos Abteilung klingelte Toms Handy. Während Tom das Gespräch annahm, signalisierte Enzo ihm, in welchem Raum sie auf ihn warten würden.

„Servus Günter, was gibts?"

„Hi, Tom, wollte mich bloß mal melden und hören, wies dir geht in der großen fremden Stadt. Bei uns gibts leider keine Neuigkeiten. Die Handydaten vom Donato hammer ausgewertet. Ein reines Familienhandy – auf dem sind als einzige Verbindungsdaten seine Frau und sein Sohn drauf. Letzte Aktivität am Tag seines Verschwindens. Da hat er in der Mittagszeit mal kurz mit seiner Frau telefoniert. Endgültig vom Netz gegangen is des Gerät dann an diesem besagten Abend, gegen 22 Uhr. Ich frag mich, wie der seine Geschäfte abgewickelt hat. Ich vermute, dass er noch ein geheimes Geschäftshandy hatte. Die Videodaten von der Tankstelle hat der Joe auch durch. Aber außer einer Liste von Autokennzeichen, die dort zur relevanten Zeit vorbeigefahren sind, hammer auch da absolut nix. Na und der Lodda, was soll ich song, der ermittelt so, wie er Auto fährt – dem konnsd unterm Geh die Schuh zubinden! Heut machte er schon den ganzen Tag nur Datenerfassung.Und wie siehts bei dir aus? Klappt des mit dem V-Mann-Einsatz?"

„Läuft – wir sind mitten drin", log Tom.

„Cool, wir telefonieren wieder. Servus Tom!"

Tom trat in den funktionalen Besprechungsraum. An einem länglichen Tisch hatten sich Enzo und Matthias bereits niedergelassen. Mit wenigen Worten gab Tom zu verstehen, dass man in Nürnberg bislang keinerlei Erkenntnisse zum Verschwinden Donatos gewonnen habe. Nachdenklich erwiderte Enzo Garibaldi, dass es bei ihnen in Rom nicht anders wäre. Man habe sämtliche Quellen angezapft, aber nichts zum Verschwinden Donatos in Deutschland in Erfahrung bringen können.

Mit Schwung flog die Tür des Besprechungsraumes auf und eine Frau um die vierzig trat ein. Schlank, tolle Figur, breiter Mund, braune Augen und ein strubbeliger Bubikopf, auf dem ihre Sonnenbrille steckte. Eine Jeans im Casual Look, ein hellblaues T-Shirt und darüber eine leichte, rote Lederjacke unterstrichen ihr burschikoses Auftreten.

Enzo stellte sie seinen Gästen als Antonia Di Mauro vor. Auf Deutsch ergänzte er: „Das ise die Toni!" Erstaunt schauten sich Tom und Matthias an und kapierten, dass sie bisher wohl einem Irrtum aufgesessen waren. Der V-Mann war eine V-Frau!

Fröhlich lachend begrüßte Toni die Anwesenden mit Handschlag. Mit einer Reibeisenstimme wandte sie sich auf Deutsch an Tom und Matthias: „Ich freu mich, euch helfen zu können. Enzo hat mir ja erzählt, dass ihr den Gennaro Donato im Visier habt. Guter Plan, Männer!"

Schon nach wenigen Sätzen war klar, dass Toni zu hundert Prozent über den Stand der Ermittlungen in Mittelfranken informiert worden war. Auch dass Donato seit ein paar Tagen spurlos verschwunden war, wusste sie bereits. Ihre Beziehung zum Umfeld Donatos und ihre Einsatzoptionen stellte sie selbst vor:

„Ich komme aus dem gleichen Vorort von Salerno wie die Familie Donato. Dort regiert die Camorra. Die haben da alles im Griff, sind mit der Wirtschaft und der Politik verstrickt. Alles korrupt!"

Dabei zuckte sie mit beiden Schultern, machte mit beiden Händen eine wegwerfende Geste und verzog dabei verachtend ihren Mund.

„Vor zwanzig, dreißig Jahren haben sich die Familien auch noch gegenseitig den Garaus gemacht. Immer wieder kam es zu spektakulären Morden auf offener Straße. Zum Teil wurden die Opfer aber auch nie gefunden. Auch der alte Donato wurde damals umgebracht. Zu dieser Zeit ging Gennaro, sein ältester Sohn, nach Deutschland. Jahre später auch sein jüngerer Bruder und seine Schwester. Die Jüngste der vier Kinder, Chiara, ist so alt wie ich, die ist hiergeblieben. Wir waren bis zum Abitur die dicksten Freundinnen. Dann hat sie den Carmine Grillo geheiratet, den ich dadurch auch ganz gut kennengelernt habe. Sie waren aber nur kurz verheiratet, und Grillo ist dann auch irgendwann nach Deutschland gegangen. Chiara hab ich endgültig aus den Augen verloren, zumal ich nach Neapel gezogen bin, um Jura zu studieren. Aber irgendwie kommt es dann doch immer anders, als man denkt. Ich habe in einem Sommer am Strand den „Märchenprinz", dabei malte sie Gänsefüßchen in die Luft, kennengelernt. Einen Immobilienmakler aus München mit langen blonden Haaren, gutaussehend und charmant. Ich war so verliebt. Ein halbes Jahr später bin ich zu ihm nach München gezogen. Hab Deutsch gelernt, noch ein bisschen studiert, im Immobiliengeschäft meines Mannes mitgearbeitet und das Leben genossen. In München lässt es sich ja auch wirklich gut leben. Aber im Lauf der Jahre habe ich erkennen müssen, dass mein Märchenprinz ein Arschloch ist. Knapp zehn Jahre später waren wir geschieden und ich wollte nicht mehr zurück nach Napoli, in diesen korrupten Sumpf. Ich wollte das Richtige tun. So ging ich nach Rom zur Polizia. Hey – und da bin ich heute noch! In meiner Heimat weiß das außer meiner Mama kein Mensch. Die glauben alle, dass ich immer noch in Deutschland lebe. So könnte ich kurzfristig mit einer kleinen Legende direkt bei Carmine Grillo andocken. Auch dass ich etwas von Immobiliengeschäften verstehe, könnte ja von Vorteil sein. Wenn ich dem in Nürnberg über den Weg laufe, dann flippt der bestimmt total aus. Also, ich wäre dabei. Ihr müsstet mir nur ein bisschen Background zur Orientierung und zur Absicherung geben."

Tom war entzückt – von der Frau, ihrer Geschichte und der Möglichkeit, direkt an Grillo ranzukommen. So führte das weitere Gespräch schnell zu den Details und der vertraglichen Vereinbarung: Die italienische Kommissarin hat in Deutschland keine hoheitlichen Rechte und darf deshalb keine Waffe tragen und keine polizeilichen Maßnahmen wie Durchsuchungen oder Festnahmen durchführen. Ihr Auftrag besteht ausschließlich in der Beschaffung von Informationen im Sinne ihrer Auftraggeber, der bayerischen Polizei. Sie erhält weiterhin ihr Gehalt der Polizia di Stato. Alle Unkosten des Einsatzes in Deutschland werden von der bayerischen Polizei getragen ...

Enzo Garibaldi hatte bereits einen entsprechenden Vertrag vorbereitet, welcher nur noch geringfügig modifiziert werden musste. Antonia Di Mauro, Enzo Garibaldi und Tom Hoffmann setzten ihre Unterschriften unter das Werk und besiegelten ihr Vorhaben zusätzlich mit einem Handschlag.

Bis zum morgigen Vormittag sicherte Enzo ihnen eine ins Deutsche übersetzte Version des Vertrages zu. Mit einer herzlichen Verabschiedung gingen sie auseinander.

Das Knurren seines Magens machte Tom klar, wie schnell die Zeit verflogen war.

Beim Verlassen der Direktion beschlossen Tom und Matthias, sich erst mal ein paar Pizzastücke zu kaufen und erst am Abend „richtig" Essen zu gehen.

„Dann dat i song, mir gemma heit no übern Tiber in Richtung Vatikan!"

Tom blieb eine Antwort schuldig. Das Klingeln seines Handys hatte ihre Unterhaltung unterbrochen.

„Pronto! Servus Günter, wos gibts?“

„Mir hom den Donato gfunden!“

„Wie – gfunden?“

„Tot, im Brombachsee!“

„Ach geh, leck mich am Arsch! Wie des etz? Erzähl!“

„Heut früh hat wohl der Hafenmeister in Ramsberg an so einer Seilwinde eines Krans, im Wasser hängend, einen Plastiksack entdeckt. Nachdem er das Teil rausgezogen hatte, stellte er fest, dass in der Plastikfolie eine nackte männliche Leiche eingewickelt war. Die Kripo in Ansbach is dort zuständig und hat bis grad eben gebraucht, den Toten zu identifizieren. So wies aussieht, is es der Gennaro Donato. Dann homs die Vermisstenstelle, unsern Freund Lodda Matthäus angerufen, der mir Bescheid gsagt hat. Bei der Führung sind die Drähte auch scho heiß glaufen. Die Mordkommission und die OK-Dienststelle sollen in Ansbach Unterstützung leisten, hat mir der Dezl grad mitgeteilt. Den sollst übrigens zurückrufen. So, etz wasst Bescheid!“

„Na sauber. Ich meld mich wieder. Servus Günter!“

Matthias, der alles mitgehört hatte, reagierte pragmatisch: „Oiso, kehrt, marsch marsch – gem ma wieda eini und song ma mol glei dem Enzo Bescheid.“

Während Matthias Wagner Enzo Garibaldi vom Leichenfund informierte, telefonierte Tom mit seinem Dezernatsleiter. Dieser erklärte ihm, dass Ansbach um personelle Unterstützung und um einen Fachberater aus dem OK-Bereich gebeten hätte, nachdem sie den Leichnam identifiziert und mitbekommen hatten, um wen es sich dabei handelte.

„Mit dem Dezernatsleiter der Mordkommission hab ich gesprochen. Die stellen die Sandra Keller, die junge Kommissarin – kennst du doch, zur Verfügung. Aus unserem Bereich hätt ich an den Rager als Unterstützung und an dich als Fachberater gedacht.“

„Okay, kömmer so machen. Aber ich würd vorschlagen, dass wir das mit dem Fachberater mal besser lassen. Das gibt bloß böses Blut. Wir gehen einfach alle drei als Unterstützung nach Ansbach. Ich sag dem Günter, dass er mit der Sandra morgen früh dort sein soll. Ich versuch, heut noch an Flug zu kriegen. Vielleicht kann ich dann ja auch schon da sein."

„Super Tom, du sprichst mir aus der Seele. Is mir auch lieber, wenn wir da nicht ganz so auf elitär machen. Danke dir und gute Heimreise. Ach ja, wird des was mit dem V-Mann-Einsatz?"

„Ja, des wird was. Nur – der V-Mann is a V-Frau, aber sonst is des echt vielversprechend. Und jetzt können wir die V-Frau mehr denn je brauchen. Also, in diesem Sinn – ciao!"

Die Absicht, sofort nach Hause zu fliegen, verursachte Tom gegenüber Matthias Wagner ein schlechtes Gewissen. Entsprechend umständlich druckste er herum, als er es ihm sagte.

„Hey Tom, ois guat. Der Enzo klärt doch scho ab, ob wir heut no an Flug kriagn. Des is mir doch völlig klor, dass wir zruck miassn und net Sightseeing machn könna."

Erleichtert über Wagners Verständnis nutzte Tom die Zeit, um Günter zu informieren, dass dieser mit Sandra Keller morgen früh um acht Uhr bei der Kripo in Ansbach aufschlagen solle.

„Wenn des heut noch mit dem Rückflug klappt, bin ich morgen früh auch da. Ich hab ja eh des Dienstauto, und von mir zu Hause is es nur a Katzensprung nach Ansbach."

Wild gestikulierend signalisierte Matthias Tom, sein Telefonat zu beenden. „Oiso, etz pressierts. Wir hom an Rückflug, mias mer ober Gas gem, dass mer den no erwischn. Kimm, der Massimo wart scho!"

Im Laufschritt trabten die beiden durch den Flur der Direktion, am Pförtner vorbei, die Stufen hinab zum Parkstreifen, wo Massimo bereits mit laufendem Motor auf sie wartete. Dieser knallte noch schnell das Blaulicht auf das Dach seines Alfa, und schon raste er los. Mit Blaulicht und Sirene, einem Sound, den sie aus diversen italienischen Filmen kannten, ging die Fahrt zuerst zum Hotel am Pantheon. In Windeseile beglich Matthias ihre Rechnung an der Rezeption. In ihren Zimmern warfen sie schnell alle persönlichen Utensilien in ihre Koffer und spurteten zurück zum Auto. Massimo startete durch. Jetzt hatte er richtig Spaß. Mit halsbrecherischen Manövern und unter wildem Gestikulieren sowie lautstarken Beschimpfungen der anderen Verkehrsteilnehmer chauffierte er sie zum Flughafen. Dort fuhr er bis in den Innenbereich durch und forderte sie auf, ihm zu folgen. Mit seiner Dienstmarke, die er vor sich hielt, bahnte er ihnen den Weg vorbei an sämtlichen Kontrollstellen. Unmittelbar an der Gangway zum Flieger klatschte er sie mit einem „High five" ab und rief ihnen ein „Ciao, amici!" hinterher. Die Stewardess begrüßte Tom und Matthias mit einem unaufgeregten, freundlichen Lächeln, nahm ihnen ihre Koffer ab und schloss unmittelbar hinter ihnen die Tür. Mit einem Stoßseufzer plumpsten sie in ihre Sitze und schnallten sich an.

Eineinhalb Stunden später holperte die Maschine über die Landebahn im Erdinger Moos. In der Ankunftshalle orderten sie bei einem Kollegen wieder ein dienstliches Taxi zur Flughafenpolizei. „Keine Widerrede!", versetzte Matthias im Befehlston und bestand darauf, dass ihn Tom an der S-Bahn-Station in Neufahrn aussteigen lassen solle. „Du fohrst mi etz net no ind Stadt nei. I bin mit der S-Bahn fast genauso schnell. Bei dir wirds eh spät gnua, bisd dahoam bist." Dankend nahm Tom das Angebot an. Mit einer freundschaftlichen Umarmung verabschiedeten sich die beiden. „Pfia di, machs guat!", rief Matthias hinterher und klopfte aufs Autodach, als Tom wegfuhr.

Als kleine Reminiszenz an seinen Romaufenthalt begrüßte Tom seine Söhne mit einem „Salve ragazzi!", als er ins Wohnzimmer trat. „Hey Papa, bist du schon da? Magst mitschauen? – Bean, der ultimative Katastrophenfilm!", erklärte Jakob einladend.

„Für euch is etz gleich Feierabend. Ihr habt morgen Schule!"

„Dauert bloß noch eine Viertelstunde, dann gemmer schon!"

„Ja, von mir aus. Wo isn die Mama?"

„Keine Ahnung", antwortete Felix. „Die hat uns Schweizer Wurstsalat gemacht und gesagt, dass sie noch weg muss und dass es spät wird."

Verblüfft nahm Tom diese Information zur Kenntnis. Sie ließ die Jungs sonst nie am Abend alleine. Mit Heißhunger machte er sich über den Rest des Wurstsalates her. Einige Stücke Bergkäse sowie ein großes Stück Apfelkuchen stillten seinen Hunger abschließend. Dann setzte er sich an seinen Gartenteich und wartete mit einer Flasche Bier auf Biggi. Als diese kurz vor Mitternacht nach Hause kam, war ihr Schreck unverkennbar: „Tom, was machst denn du schon da?"

„Gegenfrage: Biggi, wo kommst den du jetzt her?"

„Ich, ich war im Kunsthaus an der Reitbahn in Ansbach. Da soll doch in zwei Wochen die Sommerausstellung der Hobbykünstler stattfinden. Wir ham uns heut wegen der Vorbereitungen zusammengesetzt. Etz hammer uns halt a bissl verratscht, du weißt doch, wie des is. Aber wieso bist du schon da, Schatz?"

Trotz seines eindeutigen Gefühls, dass Biggi ihm nicht die Wahrheit gesagt hatte, wollte er nicht gleich wieder einen Streit vom Zaun brechen und erklärte ihr brav den Grund seiner vorzeitigen Heimreise.

Obwohl er hundemüde war, lag er noch eine ganze Weile wach im Ehebett. Seine Gedanken flogen wirr durcheinander: Hatte Biggi einen anderen? Wo war sie heute Abend gewesen? Warum ging sie aus, wenn er nicht da war? Gennaro Donato war tot – was war da geschehen? Wer konnte das getan haben? Hatte sich Biggi von dem Italiener in Gunzenhausen um den Finger wickeln lassen? Wie würde das ab morgen mit den Ansbacher Kollegen werden? Wie schön war doch dieser kleine Ausflug nach Rom gewesen – ein bisschen internationalen Flair zu schnuppern! Die

Toni war echt cool – das würde bestimmt gut werden, wenn die für uns arbeitete. Hoffentlich baggerte die der Joe Kramer nicht gleich an.

Schwimmend zog er den Plastiksack mit der Leiche hinter sich her. Toni winkte vom Ufer fröhlich zu ihm herüber. Unweigerlich drohte ihn das Gewicht unter Wasser zu ziehen. Schon hatte er Wasser geschluckt …

„Tom, Tom – du träumst! Wach auf!"

Erschrocken starrte er in das Gesicht von Biggi. „Äh, ja, hob ich jetzt an Scheiß geträumt."

Er blickte auf den Wecker, stellte fest, dass er noch mindestens zwei Stunden schlafen konnte, drehte sich um und schlief weiter.

„Gell, Sie sin wecher der Wasserleich do?", empfing ihn die mollige Dame im verglasten Eingangsbereich der Ansbacher Kriminalpolizei, als er ihr seinen Dienstausweis entgegenstreckte. „Do sen heit scho a paar Stodterer aus Närmberch eingetroffen! Fohrns einfach mitm Aufzuch in zweiten Stock nauf, dann in Gang ganz hinter, do is der Sogoraum!"

Ihrer Wegbeschreibung folgend, fand Tom den „Sogoraum", auf dessen Türschild zu seiner Verwunderung Lagerraum stand. Erst beim zweiten Blick erkannte er, dass es Lage-raum hieß. Der helle Raum mit einer breiten Fensterfront war mit modernster Technik ausgestattet: große Monitore, Laptops, Flip-Charts, Telefone und Funkgeräte. Um einen riesigen ovalen Tisch in der Mitte des Raumes saßen etwa zwanzig Personen. Als er eintrat, stand Dieter Härpfer auf und streckte ihm die Hand zur Begrüßung entgegen. Tom war erleichtert. Er kannte den stellvertretenden Leiter der Kripo Ansbach schon seit vielen Jahren von gemeinsamen Seminaren am Fortbildungsinstitut und diversen Besprechungen im Präsidium. Härpfer, mit hoher Stirn, Igelfrisur und Dreitagebart, wirkte für seine geschätzt 50 Jahre sehr gut trainiert und sportlich, was die Sportschuhe zu seiner Sommerhose und ein weißes Polohemd unterstrichen. Mit einem Augenzwinkern grüßte Tom in Richtung Sandra und Günter, die fröhlich plaudernd zwischen den Kolleginnen und Kollegen der Ansbacher Kripo Platz genommen hatten.

„Herrschaften, wir sind vollzählig. Schönen guten Morgen zusammen und herzlich willkommen der jungen Kollegin und den beiden Kollegen aus Nürnberg, die uns unterstützen werden! Wir haben nach dem gestrigen Leichenfund die „Soko Hafen" gegründet. Was Geistreicheres ist uns leider net eingefallen. Die Soko untersteht meiner Leitung. Das Personal ist aus allen Kommissariaten der Kripo Ansbach rekrutiert. Die Unterstützung erfolgt nicht ohne Grund durch die Kollegen Hoffmann und Rager aus der OK-Dienststelle sowie der Kollegin Keller aus der Nürnberger Mordkommission. Bevor wir uns mit der Auffindesituation der Leiche und den ersten Ergebnissen der gestrigen Arbeit beschäftigen, möchte ich zunächst Tom Hoffmann das Wort geben. Tom hat sich schon seit längerer Zeit mit unserem Opfer Gennaro Donato beschäftigt. Er kann uns genau sagen, was es mit diesem Herrn auf sich hat, den wir da aus dem Brombachsee gefischt haben. Tom, sei bitte so nett!"

„Ja klar, Dieter, das kann ich gerne tun. Schönen guten Morgen zusammen. Lasst mich bitte noch meinen USB-Stick anstöpseln und meine Präsentation hochfahren, dann kann ich euch des, was ich zu sagen habe, auch noch a bissl anschaulicher machen."

In komprimierter Form stellte Tom daraufhin sich und die Erkenntnisse seines Teams zu dem Netzwerk um Gennaro Donato vor. Er ließ keinen Zweifel offen, dass es sich bei dem Getöteten um eine Mafiagröße handelte und deshalb, was seinen Tod anbelangt, alles denkbar sei. Detailgenau schilderte er, wann und wo Donato am Freitag vor einer Woche spurlos verschwunden war.

„Einen zusammenfassenden Bericht und alle Unterlagen zur Vermisstensache bekommt ihr vom Kollegen Matthäus von der

Vermisstenstelle“, fiel Günter ins Wort. „Solltet ihr aber mit Nachdruck einfordern. Der Herr Kollege ist nämlich mehr Ackergaul als Rennpferd.“

Auch wenn dies zur Erheiterung der Runde beigetragen hatte, konnte Günter Toms Blick entnehmen, dass er sich die Bemerkung besser hätte sparen sollen.

„Wie auch immer“, fuhr Tom fort „die Vermisstensache hat uns letzte Woche schon mal die Möglichkeit gegeben, sowohl mit Donatos Ehefrau als auch mit all seinen Geschäftspartnern persönlich Kontakt aufzunehmen. Da könnten wir jetzt auch wieder direkt ansetzen!?“

„Vielen Dank, Tom“, antwortete Härpfer und übernahm jetzt wieder das Wort. „Dann lasst uns jetzt mal unsere gestrigen Ergebnisse zusammenfassen, so dass alle auf dem gleichen Stand sind. Erstes Team vor Ort waren gestern unsere Mädels vom K 1. Dorothea, Susanne, wer von euch möchte?“

Doro Meier, eine grazile Erscheinung, mit einem für die Jahreszeit eher blassen Teint, Sommersprossen und langen gelockten roten Haaren, übernahm die Aufgabe, die Auffindesituation zu beschreiben. Ihre Kollegin klickte sich unterdessen zu der Datei mit den Tatortfotos durch, um diese, passend zu Doros Vortrag, auf dem großen Monitor an der Wand zu zeigen.

„Okay – Fundort gestern Vormittag war der Segelhafen in Ramsberg am Großen Brombachsee. Die Leiche hing im Wasser am Takelkran. Also, ich beschreib es euch ganz genau: In der Anlage befinden sich zwei Kräne, um Boote ins Wasser bzw. aus dem Wasser heben zu können. Zu diesem Zweck fahren die Segler ihre Boote an einen sogenannten Arbeitssteg, der sich direkt unter den Kränen befindet. Dieser Steg ist der einzige im ganzen Hafen, der frei zugänglich ist. Da kann man auch mit einem Fahrzeug bis unmittelbar oben an den Steg ranfahren. Dort legen die Segler ihr Boot an, um es für das Kranen – so heißt das – vorzubereiten. Um den Mast umlegen zu können, gibt es auf dem Arbeitssteg einen sogenannten Takelkran. Das ist eine am Steg montierte Vorrichtung, die aussieht wie eine große freistehende Leiter. Dieses Teil ist fast zehn Meter hoch und frei schwenkbar, so dass es zum Beispiel über ein angelegtes Boot ausgerichtet und arretiert werden kann. Wenn im Laufe der Segelsaison mal oben am Mast was kaputt gehen sollte ..."

„Zum Beispiel das Topplicht oder die Windex", warf ein blutjunger, braungebrannter Beamter ein.

„Ja, Charly, wir wissen schon, dass du Segler bist. Aber unterbrich mal die Doro nicht mit deinen Weisheiten!", maßregelte ihn Härpfer.

Wenig beeindruckt entgegnete er: „Ja aber, es schadet auch nicht, wenn ihr was dazu lernt. Weil ..."

Härpfers vernichtender Blick ließ ihn dann aber doch verstummen.

„Also, wie gesagt, wenn mal oben am Mast was kaputtgehen sollte, können die Segler über diese Leiter dann die Reparatur ausführen. Viel wichtiger für uns ist aber, dass über diese Vorrichtung ein Stahlseil läuft, welches am Ende mit einem Gewicht und einem Haken versehen ist. Damit können die Segler ihren Mast stellen oder legen. Also – die fahren an den Arbeitssteg, binden ein Tau um ihren Mast, hängen den Haken in dieses Seil ein, lösen die vorderen und seitlichen Befestigungen des Masts und ..."

„Wanten heißen diese Befestigungen!"

„Charly, etz halt deine Klappe, verdammt noch mal!", knurrte Härpfer jetzt richtig sauer.

„Ja, von mir aus. Die lösen die Wanten und legen dann den Mast mit einer Kurbel am Takelkran langsam nach unten; oder anders gesagt, geben mit der Kurbel Seil zu, so dass sich der Mast dabei legt.

Genau an diesem Haken hing gestern früh der in einer Plastikfolie verschnürte Leichnam von Donato im Wasser – genau genommen, unter der Wasseroberfläche. Der Hafenmeister, dessen Büro sich oberhalb bei den Kränen befindet und der von dort einen perfekten Überblick über den ganzen Hafen hat, ist um 8 Uhr zur Arbeit gekommen. Da hat er bereits gesehen, dass das Seilende mit dem Haken im Wasser hing. Er hat uns erklärt, dass dies manchmal vorkommt, weil da auch schon gelegentlich mal ein Kasten Bier zum Kühlen drangehängt und das Seil danach nicht wieder am Kran befestigt wird. Weil er anderweitig beschäftigt war, ist er aber erst eine knappe Stunde später auf den Arbeitssteg runtergegangen, um den Haken aufzuräumen. Dabei hat er dann festgestellt, dass am Haken im Wasser ein Plastiksack hängt. Er hat das Ganze dann hochgekurbelt und auf den Steg gelegt. Dann hat er sofort die Polizei gerufen. Wie ihr auf den Fotos seht, hat er die Verschnürung gar nicht gelöst und in das Paket reingeschaut, weil er schon vom äußeren Eindruck damit gerechnet hat, dass da eine Leiche drin sein könnte. So war die Situation, als wir gestern früh kurz vor 10 Uhr dort eingetroffen sind. Alles Weitere war dann erst mal Sache der Spusi."

„Danke Doro! Dann bist du dran, Franz!", forderte Härpfer einen Bären von einem Mann auf. Zu Tom gewandt, ergänzte er: „Der Franz Tomaschek, Spitzname „Boerne", ist der Leiter unseres Erkennungsdienstes."

Tomaschek, mit dem Hochfahren seiner Tatortbilder beschäftigt, nickte Sandra, Günter und Tom lächelnd zu. Große Vorträge vor Publikum waren offensichtlich nicht sein Metier, wie seine glänzende Glatze und Schweißflecken auf seinem blauen, sich eng um den massigen Brustkorb spannenden T-Shirt erkennen ließen.

„Äh, ja ganz kurz: Die Spurensicherung vor Ort war leider nicht sehr ergiebig. Die Plastikfolie, in der der Leichnam eingewickelt war, ist eine handelsübliche grüne Abdeckplane mit Ösen, wie du sie in jedem Bau- oder Gartenmarkt bekommst. Das Gleiche gilt für das Seil, mit dem das Paket verschnürt war. Die Knoten waren leider auch nur 08/15-Äbiernsack-Knoten, wie sie jeder Bauer macht. Der Tote trug nur rote Boxershorts von Gucci und war ansonsten unbekleidet. Kleidungsstücke haben wir nicht gefunden. Der komplette Körper weist Verätzungen auf. Ich gehe davon aus, dass der Täter den Leichnam mit einer Lauge oder etwas in dieser Art einbalsamiert hat. Wie ihr alle wisst, hinterlassen ja sowohl der Täter als auch der Tatort und die Tatmittel nach dem Weinig'schen Spurenkreuz Spuren am Opfer und umgekehrt.

Nach dieser Behandlung dürften sich an unserem Opfer aber keine Spuren mehr finden lassen. Da hat also jemand gewusst, was er tut. Eins ist aber schon auffällig: Vier Finger sind völlig zertrümmert. Der linke und rechte Zeigefinger und der linke und rechte Mittelfinger sind total zermatscht.

Nachdem wir auf dem Steg keine Spuren gefunden haben, vermute ich, dass das Opfer von einem Boot aus an den Haken gehängt und ins Wasser gekurbelt wurde.

Eine Videoüberwachung gibt es am Hafen leider auch nicht – wäre ja auch zu schön gewesen.

Aus der Obduktion, die gestern auch gleich noch durchgeführt wurde, gibt es folgendes zu berichten: Todeszeitpunkt war etwa Mitte vergangener Woche. Das heißt, er hat nach seinem Verschwinden noch etwa vier Tage gelebt und war schon mehrere Tage tot, als er ins Wasser gebracht wurde. Die Finger wurden ihm bei lebendigem Leibe zertrümmert. An den Armgelenken und Knöcheln sind eindeutig Verletzungen von Fesseln erkennbar. Ansonsten weißt der Leichnam keine Spuren von Gewalteinwirkung auf – keine Schlag-, Stich- oder Schussverletzungen! Die Rechtsmedizin hat Proben genommen, um das Mittel bestimmen zu können, mit dem er einbalsamiert wurde. Als Todesursache nennt der Rechtsmediziner ein Multiorganversagen, das bedeutet schlicht und einfach: Der Mann wurde zu Tode gefoltert! Die zertrümmerten Finger haben eine Entzündung und massives Fieber ausgelöst. Die Tatsache, dass er offensichtlich weder zu Essen noch zu Trinken bekommen hat, hat den Körper bei dieser Hitze, die wir zurzeit haben, völlig dehydriert und ein akutes Nierenversagen ausgelöst.

Ach ja, und mit Hilfe des Kamms von der Vermisstenstelle konnten wir gestern Abend den Toten auch noch mit DNA-Test zweifelsfrei als Gennaro Donato identifizieren."

Ernüchtert schaute Härpfer zu Tomaschek, von dem aber nichts mehr kam. „Boerne, bist du fertig?"

„Ja freili – ich habe fertig!"

Auf die Frage nach ersten Ermittlungsergebnissen des gestrigen Tages kam nicht mehr viel. So begann Härpfer mit der Verteilung von Arbeitsaufträgen. Der Schwerpunkt lag auf der Suche nach Zeugen unter den Segelbootsbesitzern im Hafen und den Wohnmobilisten auf dem nahegelegenen Stellplatz. Mit der Befragung von Donatos Geschäftspartnern beauftragte er Günter und Sandra. Die Überbringung der Todesnachricht an die Ehefrau wolle er, so Härpfer, zusammen mit Tom selbst übernehmen.

Während sich im Besprechungsraum Aufbruchsstimmung breitmachte, ging Härpfer mit Tom in dessen Büro. Das aufwändig sanierte Kasernengebäude am Stadtrand, in welchem die Ansbacher Kripo vor Jahren auf drei Ebenen untergebracht worden war, bot geräumige, helle Büros.

„Schee hobd ihrs do – net so beengt wie bei uns in Nürnberg."

„Ja, es lässt sich aushalten", erwiderte Härpfer und bot Tom an seinem kleinen runden Besprechungstisch Platz an. Während er ihnen Wasser einschenkte, erläuterte er seinen weiteren Plan: „Ich würd etz gern mit dir zur Frau Donato fahren. Um 13 Uhr hab ich an Termin bei unserer Staatsanwältin. Es wär mir wichtig, dass du dabei bist. Dann würde sie aus erster Hand die Hintergründe zu Donato erfahren."

„Von mir aus. Des kömmer gern so machen. Ich muss dir aber noch was sagen, was ich in der großen Runde nicht bekannt geben möchte."

Härpfer schaute Tom erstaunt und erwartungsvoll an.

„Wir wollen eine V-Person in Donatos Umfeld einschleusen. Das soll die nächsten Tage passieren. Ich erhoff mir jetzt natürlich nicht nur, was über die kriminellen Geschäfte des Netzwerkes zu erfahren, sondern vor allem etwas zum Mord. Da des für die V-Person nicht ungefährlich ist, möchte ich den Kreis derer, die davon wissen, so klein wie möglich halten. Also kein Misstrauen, nur eine Vorsichtsmaßnahme."

„Da hab ich kein Problem damit, Tom. Wenn ihr uns auf diesem Weg den Mörder liefern könnt, solls mir nur Recht sein. Aber unserer Staatsanwältin sollten wir es schon wissen lassen."

„Klar, des mach mer auf jeden Fall. Übrigens, wenns uns zeitlich ausgeht, würde ich mir gerne mal den Fundort noch anschauen."

„Auch des können wir gerne machen, sollten wir aber heute noch hinkriegen, weil ich für morgen die OFA eingeladen habe, und da sind wir mit Sicherheit den ganzen Tag beschäftigt."

„Ja super, des is sehr gut. Kommt der Leander Korn auch mit?"

„Voraussichtlich schon."

„Den find ich richtig gut. Wir ham schon ein paarmal zusammengearbeitet. Der hat diese ganzen Profilerausbildungen mitgemacht. War beim FBI in Amerika. Hat des alles aufgebaut. Des sind echte Profis. Mit denen den Fall zu besprechen is wirklich eine gute Idee."

Die Fahrt in Härpfers Dienstwagen nach Erlenstegen nutzte Tom, um mit Matthias Wagner zu telefonieren. Nachdem er ihm die Auffindesituation von Donatos Leiche detailgenau geschildert hatte, antwortete dieser: „Okay, und etz brauchts ihr die Toni so schnell wie möglich. Aber, mein Freund, i hob meine Hausaufgaben a scho gmacht und mitm Enzo telefoniert. Der hat auch mitgedacht, nachdem er gestern von uns mitgekriegt hat, wos passiert is. Die Toni kommt bereits morgen Nachmittag um 15 Uhr 30 am Flughafen in Minga an. Des passt, oder?"

„Ja, sehr gut, Matthias!", schmeichelte Tom, um daraufhin sofort Joe Kramer von der Ankunft der weiblichen V-Person zu informieren.

„Alles vorbereitet, Tom! Von mir aus kanns losgehen! Und dass es etz eine V-Frau ist, wird nur dazu führen, dass ich meinen Betreuungsauftrag noch intensiver wahrnehmen werde. Also, ich hol se morgen am Flughafen in München ab. Servus, Tom!"

„Dann treffen wir uns übermorgen bei uns auf der Dienststelle, um Tonis Einsatz im Detail zu besprechen und zu starten! Danke Joe, Servus!"

Im selben Moment klingelte Härpfers Handy über die Freisprechanlage: „Hi, hier is der Sunny von der Pressestelle! Wir müssen dringend wegen einer Presseerklärung zu euerm Leichenfund sprechen. Nach meiner gestrigen Erstmeldung rennt mir die Meute heut die Bude ein."

Härpfer reagierte genervt: „Ja, verdammt noch mal, hab ich schon aufm Schirm. Kannst du heut um 13 Uhr bei der Staatsanwaltschaft in Ansbach sein? Wir ham dort Termin mit der Frau Oberstaatsanwältin Reiter-Lösslein. Dann könntmer des gleich alles fix machen."

„Gebongt – bin ich da! Salü!"

Kurze Zeit später standen Tom und Dieter Härpfer vor Donatos Anwesen. Wie immer bei der Überbringung von Todesnachrichten fühlte sich Tom unwohl. Die Mitte zwischen Anteilnahme und professioneller Befragung war oft schwierig zu finden. Wieder öffnete die Hausangestellte auf ihr Klingeln und führte sie in das Wohnzimmer.

Von hier konnten sie sehen, dass Frau Donato im Badeanzug vom Garten ins Haus ging. Minuten später stand sie in einem langen, gelben Sommerkleid vor ihnen. Die blonden Haare nach oben gesteckt. Das Unglück ahnend, schaute sie Tom lange an, ohne auch nur ein Wort zu sagen.

„Es tut mir sehr leid, Frau Donato. Wir haben leider eine traurige Nachricht für sie."

Wie zur Salzsäule erstarrt, stand sie da. Keine Regung, kein Schluchzen; aber ein Strom von Tränen floss über ihre Backen. Für Tom fühlte es sich wie eine Ewigkeit an. Die Totenstille und die Situation mit weiteren Erklärungen zu unterbrechen schien ihm in diesem Moment äußerst unangebracht.

Erst als ihr die Angestellte Taschentücher reichte und sie begann, ihre Tränen zu trocknen, fand sie langsam wieder zu sich. Sie setzte sich in den weißen Ledersessel und forderte ihre Angestellte mit einer Geste auf, etwas anzubieten.

Mit einem nahezu unmerklichen Kopfnicken und einem „Bitte, Herr Hoffman!" bat sie Tom, fortzufahren. Mit dem größtmöglichen Einfühlungsvermögen schilderte er den Leichenfund. Einige Details, wie die zertrümmerten Finger, ließ er dabei aber unerwähnt. Die Todesursache erklärte er etwas ausschweifend und umständlich. Dann stellte er Dieter Härpfer als den Leiter der Sonderkommission vor, die den Tod ihres Mannes aufklären sollte.

Mit fast flüsternder Stimme drückte ihr Härpfer sein Beileid aus und stellte erste Fragen. Nach mehrmaligem Kopfschütteln erklärte sie, dass sie jetzt nicht mehr in der Lage sei, Fragen zu beantworten. „Ich lass mir das jetzt alles mal durch den Kopf gehen. Vielleicht fällt mir ja noch was ein und ich melde mich dann bei Ihnen. Und bitte teilen Sie mir mit, wenn ich meinen Mann bestatten kann." Mit diesem Satz löste sich ein erneuter Tränenstrom, so dass eine weitere Unterhaltung unmöglich wurde. Mit einer entsprechenden Geste verabschiedeten sich Tom und Härpfer. Schweigsam saßen sie in Härpfers Dienstwagen, als dieser sie durch das Stadtgebiet in Richtung Autobahn nach Ansbach lenkte.

Vom Justizzentrum an der Ansbacher Promenade waren es nur wenige Meter in die Fußgängerzone, wo sie sich an einer Imbissbude schnell mit einer Brotzeit versorgten, um pünktlich bei der Staatsanwältin zu sein.

Auf ihr Klopfen war keine Aufforderung zum Eintreten zu hören. Von innen schloss die Staatsanwältin ihre abgesperrte Bürotür auf und bat die Kommissare einzutreten. Die Oberstaatsanwältin, eine kleine, elegante Dame in einem hellblauen engen Kleid, mit zierlichem Gesicht und langen blonden Haaren, lachte dabei über das ganze Gesicht. Als Tom den jungen Pressesprecher „Sunny" Kellermann an ihrem Besprechungstisch wie ein Honigkuchenpferd grinsend sitzen sah, war ihm der Grund ihrer ausgelassenen Heiterkeit schnell klar.

„Hallo meine Herren, hereinspaziert – ihr Kollege von der Pressestelle ist schon da und hat mich vorzüglich unterhalten."

Nach gegenseitiger Vorstellung entschuldigte sich Frau Reiter-Lösslein, dass sie heute Vormittag wegen eines Gerichtstermins nicht an der ersten morgendlichen Lagebesprechung der Sonderkommission teilnehmen konnte. „Kein Problem, wir bringen Sie schon auf den Stand der Dinge!", versicherte Härpfer, der sehr beengt zwischen Tom und Sunny in der kleinen Besprechungsecke des Büros Platz genommen hatte. Frau Reiter-Lösslein hatte sich wieder, weil ihr Büro so voll war mit Gesetzbüchern und Aktenstößen, dass es kaum Platz zum Stehen bot, hinter ihren nostalgischen, schweren Schreibtisch gesetzt. Hoch konzentriert, sich immer wieder Notizen machend, hörte sie Tom und Härpfer zu. Als sie mit ihren Berichten abgeschlossen hatten, stand sie auf und blickte nachdenklich aus dem Fenster hinunter auf die Promenade.

„Das könnte schwierig werden: Das Opfer aus der organisierten Kriminalität, kaum verwertbare Spuren, keine Zeugen. Da möchte ich Ihnen empfehlen, den Kommissar Zufall mit in die Sonderkommission aufzunehmen."

„Na ja, wir sind ja erst am Anfang", meinte Tom und versuchte, Optimismus zu verbreiten.

„Ja schon, aber es könnte schwierig werden", wiederholte sie sich. „Und was sagen wir der Presse, Herr Kellermann?"

Das war Sunnys Stichwort. Mit eloquenter Redegewandtheit legte der smarte junge Mann, der selbst bei der aktuellen Hitze Anzug mit Krawatte trug, los. Offensichtlich hatte er sich sein Pressestatement, inklusive Zeugenaufruf, längst gedanklich zurechtgelegt. Obwohl Tom dieses Showmastergehabe nicht ausstehen konnte, nötigte ihm der Vortrag eine gewisse Bewunderung und die gedankliche Erkenntnis ab, dass der Sunny allemal ein besserer Pressesprecher war, als er es selbst je sein könnte.

Dem wohlwollenden Lächeln von Frau Reiter-Lösslein nach zu urteilen, war auch sie beeindruckt und sichtlich froh darüber, dass Kellermann für alle kritischen Nachfragen der Medien gewappnet schien. Triumphierend schloss er seinen Vortrag mit der Bemerkung: „Keine Sorge, die Medien hab ich in der Hand. Ich weiß schon, wie ich mit denen umgehen muss und wie ich meinen Job zu machen habe. Ihr müsst nur zutun, dass ihr den Mörder bald kriegt."

Tom verkniff sich eine Reaktion auf diese Überheblichkeit. Selbst Frau Reiter-Lösslein zog kurz die Augenbrauen hoch.

Nach einer kurzen Stippvisite auf der Dienststelle machten sich Tom und Härpfer noch auf den Weg nach Ramsberg.

„Wo is eigentlich euer Dienststellenleiter, Dieter?"

„Seit einer Woche krankgeschrieben. Meniskusoperation – des kommt davon, wenn die alten Herren immer noch Fußball spielen und reinsteigen, als würden sie um die Deutsche Meisterschaft kicken. Jetzt hab ich den ganzen Schlamassel an der Backe. Aber etz schau mer mal. Wir kriegen des schon hin. Wir sind doch a ganz gutes Team – oder?"

Das Klingeln auf Toms Handy unterbrach ihre Unterhaltung. Günter Rager meldete sich und teilte mit, dass Sandra und er Donatos Bruder und dessen Schwester in ihren Lebensmittelmärkten aufgesucht hätten. Bei beiden wären aber keinerlei Erkenntnisse zu gewinnen gewesen. Auch ein Besuch bei Carmine Grillo sei ebenso verlaufen: „Die geben alle nur die trauernden

Verwandten. Ehrlich gesagt, ich glaub auch net, dass die irgendwas zu Don Gennaros Tod wissen. Zu Grillo haben wir uns den Joe mitgenommen, weil der mit dir ja schon bei dem war und ihn kennt. Bei dem sind wir uns nicht sicher, ob er was weiß, oder damit zu tun hat. Wir sollten trotzdem aufpassen. Ich glaub, die werden auch selber versuchen, was über den Mord rauszubekommen. Net dass die uns plötzlich in die Quere kommen oder den Mörder vor uns finden. Weil dann bliebe eine Zelle im Knast unbesetzt. Die machen kurzen Prozess!"

„Ja, Günter, hast recht, des darf uns auf gar keinen Fall passieren."

„Also, wir machen morgen bei den Restaurants weiter. Schönen Abend! Servus Tom!"

Während Härpfer noch darüber sinnierte, dass es der absolute Super-GAU wäre, wenn die „Camorra-Leute" Donatos Mörder vor der Polizei finden würden, steuerte er seinen Dienstwagen bis unmittelbar vor das Hafenmeistergebäude im Ramsberger Segelhafen.

Beide nahmen sich viel Zeit, um den Fundort der Leiche genau unter die Lupe zu nehmen, konnten letztlich aber nichts entdecken, was sie nicht schon aus den Schilderungen bei der morgendlichen Lagebesprechung gewusst hätten. So setzten sie sich auf eine Bank, blickten über die Segelboote hinaus auf den See und genossen einen kleinen Moment der Ruhe.

„Du wohnst doch in Wolframs-Eschenbach, Tom?"

„Ja, wieso?"

„Hättest net Lust, dich mal zu verändern? Bei uns wird in einem knappen Jahr eine Kommissariatsleiterstelle frei. Wär des nix für dich?"

Überrascht von dieser Offerte zuckte Tom nachdenklich mit den Schultern: „Weiß net, einerseits taugts mir schon sehr bei der OK, andererseits bin ich oft so eingespannt, dass die Familie drunter leidet. Ich denk mal drüber nach. Aber jetzt komm, pack mers. Es wird eh spät genug, bis mer heut heimkommen!"

Bei der morgendlichen Lagebesprechung meldete sich Heiner Schulz, ein erfahrener, souveräner Ermittler mit dunklen Haaren und sportlicher Figur zu Wort, um über seinen Besuch bei Donatos Sohn in Erlangen zu berichten. „Das Söhnchen ist nicht uninteressant. Irgendwie ist der, was die Beziehung zu seinem Vater anbelangt, eine zerrissene Persönlichkeit. Aber, der Reihe nach: Donatos Sohn Leonardo ist 23 Jahre alt und studiert in Erlangen Jura. Dort wohnt er in einer kleinen Eigentumswohnung, die sein Papa finanziert hat, wie auch den Golf GTI und eine feine Moto Guzzi. Zuerst hat uns das Söhnchen saumäßig arrogant darüber belehren wollen, dass er als Sohn nicht aussagen müsse. Ich hab ihn dann dahingehend korrigiert, dass dies nur so wäre, wenn sein Vater Beschuldigter einer Straftat wäre, und dies nicht gilt, wenn er Opfer ist. Da könne er sich nur auf sein Aussageverweigerungsrecht berufen, wenn er sich selbst belasten würde. Auf die Frage, ob das denn der Fall sei, hat er dann eingelenkt, der angehende Herr Jurist. Ich hab dann noch a bissl auf emotionale Verbundenheit gemacht, dann ham wir uns doch noch ganz gut verstanden. Vom Tod seines Vaters, insbesondere von der Tatsache, dass er ermordet wurde, zeigte er sich äußerlich relativ unberührt. Er sagt, sein Vater wäre für ihn, als er noch ein kleiner Junge war, sein großes Vorbild gewesen und er habe ihn abgöttisch geliebt. Mit zunehmendem Alter und nach intensiveren Internetrecherchen sei ihm dann klargeworden, dass sein Papa ein Mafioso, ein Verbrecher sei. Auch habe er registriert, dass ihr Reichtum nicht von ungefähr komme. Da beginnt die Zerrissenheit von Leonardo Donato: Einerseits ein vom Papa finanziertes Leben in Saus und Braus, andererseits das Wissen, dass all das aus kriminellen Geschäften erwirtschaftet ist. Dies sei angeblich auch ein Teil seiner Motivation dafür, Jura zu studieren. Er wolle „rechtschaffen" sein, sagt er. Interessant ist aber noch was Anderes: Die Universität Erlangen-Nürnberg hat am Großen Brombachsee, am östlichen Seeufer bei Pleinfeld, ein Wassersportzentrum – Luftlinie keine drei Kilometer vom Ablageort der Leiche in Ramsberg entfernt. Und jetzt dürft ihr dreimal raten, wer dort ständig verkehrt und als ganz großer Wassersportler gilt? Ja, genau, Leonardo Donato. Der geht dort Segeln und ist wohl ein recht erfolgreicher Freiwasserschwimmer. Ich hab mit einem Verantwortlichen vom Wassersportzentrum telefoniert, der mir erzählt hat, Leonardo würde dort auch regelmäßig übernachten. Alibi hat er auch keines. Er behauptet, an den Abenden, also sowohl als sein Vater verschwunden ist, als auch an dem Abend, als seine Leiche abgelegt wurde, zu Hause in seiner Wohnung in Erlangen gewesen zu sein. Einer Auswertung seines Handys hat er freiwillig nicht zugestimmt. Ich sprech jetzt mal mit der Staatsanwältin, wegen eines Durchsuchungs- und Beschlagnahmebeschlusses. Dann schau mer mal! Denn wir wissen ja, ein Großteil der Tötungsdelikte sind Beziehungstaten, und das möchte ich auch hier nicht ausschließen."

Härpfer bedankte sich und forderte Schulz auf, ihn über die weiteren Maßnahmen auf dem Laufenden zu halten.

Danach bat Dieter Härpfer Doro Meier, „Boerne" Tomaschek und Tom, im Soko-Raum für die Besprechung mit den Fallanalytikern zu bleiben. Eine Angestellte brachte Kaffee, Wasser und Kekse und drapierte alles recht ansprechend auf dem großen ovalen Tisch.

„Ja Tom, habe die Ehre, was machst denn du da? Hob gar net gwusst, dass du auch mit im Boot bist. Gfreit mi, dass wir uns mol wiedersehen!" Genau so kannte Tom Leander Korn, den Leiter der Operativen Fallanalyse – sympathisch, offen, Optimismus versprühend. Korn, ein schlanker Mittvierziger, markantes Gesicht, kurze grau melierte Haare, mit Jeans, offenem Hemd und blauem Sakko bekleidet, war eine charismatische Erscheinung. Obwohl Tom in der Vergangenheit nur einige Male mit ihm und seiner OFA zu tun hatte, war schnell gegenseitiger Respekt und Vertrautheit gewachsen.

„Hey Leander, die Freude ist ganz auf meiner Seite!", entgegnete Tom, während sich die beiden schulterklopfend begrüßten. In seinem Schlepptau betraten eine Kollegin und ein Kollege aus seinem Team den Soko-Raum. Nachdem sich alle bekannt gemacht hatten, bat Härpfer die Anwesenden, Platz zu nehmen und sich mit Kaffee und Wasser zu versorgen. Mit einer kleinen, fast staatstragenden Begrüßungsrede stellte Dieter Härpfer sich als Leiter der „Sonderkommission Hafen" vor und brachte seine Freude zum Ausdruck, dass die Fallanalytiker bereit waren, die Soko mit ihrer Expertise zu unterstützen. Währenddessen beobachtete Tom Korns Begleiter, die unterschiedlicher nicht hätten sein können. Die Kollegin, eine kleine, hagere Gestalt, mit strengen Gesichtszügen und einer knabenhaften Kurzhaarfrisur, schenkte sich lediglich ein Glas Wasser ein. Der Kollege, ein älterer, stämmiger Mann mit grauem Vollbart, zog seinen Trachtenjanker aus und hängte diesen über seine Stuhllehne. Nachdem er die Ärmel seines weißen Trachtenhemdes mit Hirschhornknöpfen aufgekrempelt hatte, baute er sich neben seiner Kaffeetasse, in welche er reichlich Milch und Zucker gegeben hatte, einen ansehnlichen Vorrat an Keksen auf.

Leander Korn bedankte sich für die freundliche Begrüßung und bat, vorab einige Bemerkungen zur Fallanalyse machen zu dürfen:

„Zuerst, liebe Kolleginnen und Kollegen, möchte ich betonen, dass es keine willkürliche Entscheidung ist, ob wir eine Fallanalyse durchführen oder nicht. Bei augenscheinlichen Beziehungstaten macht das in der Regel keinen Sinn. Will sagen, es müssen bei einem Kapitaldelikt schon noch a paar Besonderheiten dazukommen, damit unsere Arbeit sinnvoll und erfolgversprechend sein kann. Bei euch spielt schon mal das Opfer selbst, als Statthalter einer Mafiaorganisation, eine herausragende Rolle. Auch die Auffindesituation, wie du sie mir vorgestern telefonisch geschildert hast, Dieter, und natürlich die Leichenverstümmelungen sind weitere Parameter. So weit so gut – was dürft ihr von uns erwarten: Wir analysieren das vorliegende Datenmaterial, also alles, was ihr bisher schon an Fakten zusammengetragen habt, im Hinblick auf Tathergang, fallspezifische Parameter, Motiv und ein mögliches Täterprofil. Auf dieser Basis erhaltet ihr von uns eine Wahrscheinlichkeitsaussage zur Unterstützung eurer Ermittlungen. Zum Beispiel, wenn es darum geht, die eine oder andere Ermittlungsrichtung zu priorisieren. Also bitte keine falsche Erwartungshaltung: Wir liefern keinen Täter wie die Profiler in den amerikanischen Krimis. Und was selbstverständlich auch immer sein kann, ist, dass sich unsere Aussage von euren Hypothesen gar nicht so sehr unterscheidet. Ihr seid alle Profis, also warum sollten wir zu völlig unterschiedlichen Ergebnissen kommen? Aber selbst wenn sich unser Ergebnis mit eurem decken sollte, so wäre es doch zumindest eine Bestätigung für euch.

Heute würden wir jetzt erst mal gerne die Falldaten erheben. Will sagen, alles, was ihr uns zur Auffindesituation, zur Spurensicherung und zu Besonderheiten vor Ort, zur Obduktion, Todesursache, zu Veränderungen oder Verstümmelungen an der Leiche berichten könnt, wäre für uns interessant. Dann würden wir gerne alles darüber wissen wollen, um wen es sich bei dem Opfer handelt. Ich denke, dazu wirst du uns vielleicht einiges sagen können, Tom. Auf dem Heimweg möchten wir uns dann auch noch den Fundort der Leiche anschauen. Die Bewertung und Interpretation eurer Daten machen wir dann daheim in München. Wir werden uns beeilen, versprochen, um euch sobald wie möglich – wir werden versuchen, das in einer Woche zu schaffen– eine Tathergangsanalyse, eine Motivbewertung und ein Täterprofil präsentieren zu können.

Jetzt schaut mich bitte net so an. Ich weiß schon, dass ihr euch gleich heute ein Ergebnis von uns erwartet hättet. Würden wir euch heute vorschnell ein Ergebnis liefern, bestünde die Gefahr, dass wir bei genauer Prüfung zu einem anderen Ergebnis kommen könnten. Dann hätten wir euch heute auf eine falsche Fährte gehetzt – und das ist weder in eurem noch in unserem Interesse. Also bitte, hobts ein paar Tage Geduld."

Nach dieser Ernüchterung machten sich dann aber doch alle mit Engagement ans Werk. Über mehrere Stunden berichteten sie ihre Erkenntnisse, druckten schriftliche Unterlagen dazu aus, kopierten Dateien und Fotos auf USB-Sticks und beantworteten Fragen der Analytiker.

Erst am späten Nachmittag gab sich Korn zufrieden. „Wer fährt jetzt noch mit uns zum Segelhafen nach Ramsberg?" Nach einem kurzen betretenen Schweigen willigte Tom ein. Am Rande der allgemeinen Verabschiedung informierte er Härpfer, dass er morgen in Nürnberg mit dem Einsatz der Vertrauensperson beschäftigt sei und deshalb nicht nach Ansbach kommen werde.

Der Segelhafen präsentierte sich in strahlend schönem Sonnenlicht. Segelboote steuerten hinaus auf den See, um die abendliche Brise noch zu genießen. Eine Vielzahl von Badegästen bevölkerte den großen halbrunden Sandstrand.

Angetan von dem herrlichen Ambiente, zeigten sich die drei Fallanalytiker ganz begeistert. „Do mogst ober woas Gott koa Leich finden", bemerkte der wohlbeleibte Bärtige. „Hey, voll schön hier, da müsst man ja direkt mal Urlaub machen", ergänzte seine junge Kollegin. Dann führte sie Tom zum Takelkran und zeigte ihnen, wo die Leiche gehangen war. Einige Fragen und ein paar Fotos später hatten sie die Situation verinnerlicht. Toms Angebot, auf der Terrasse eines gegenüberliegenden Restaurants noch ein paar fränkische Bratwürste zu essen, stimmten sie begeistert zu. Wie nicht anders zu erwarten, konnten sie trotz der Urlaubsatmosphäre nicht abschalten. So philosophierten sie über die symbolische Bedeutung von zertrümmerten Fingern. Diskutierten, warum ein Täter sein Opfer tagelang foltert und bis zu seinem Tod verhungern und verdursten lässt. Welchen Sinn die Zurschaustellung der Leiche machen soll. Welche Mordvarianten die Mafia bevorzugt, und ob die die Leiche nicht hätten auf Nimmerwiedersehen verschwinden lassen.

„Mein lieber Tom, wie du siehst, werden wir uns die nächsten Tage die Köpfe noch richtig heiß reden. Wir melden uns, sobald unser Ergebnis steht! War aber echt schön, dass wir uns wieder mal gesehen haben. Und Danke für das fränkische Bratwurstfinale!", resümierte Korn und verabschiedete sich von Tom.

Fröhlich plaudernd und lachend kam Joe Kramer mit Antonia Di Mauro den Flur der OK-Dienststelle entlang auf Tom zu, der schon ungeduldig auf deren Eintreffen gewartet hatte.

„Hallo ihr zwei – salve, Toni, gehts dir gut? Ich bin echt froh, dass du da bist!"

„Hi Tom, si si si, alles Bestens. Der Joe kümmert sich rührend um mich und hat alles perfekt vorbereitet!" Mit Küsschen auf die Wangen begrüßte Toni Tom wie einen guten alten Bekannten.

„Also, Commissario Hoffmann, dann erzähl ich dir mal, was ich alles vorbereitet habe und wie wir zwei Hübschen uns das jetzt vorstellen", legte Joe los, während sie es sich im Besprechungsraum gemütlich machten. „Wir stricken ihre Legende direkt an ihrem realen Leben an. Seit sie vor vielen Jahren ihre Heimat verlassen hat, um einen Deutschen zu heiraten, lebt sie in München. Seit einigen Jahren ist sie geschieden, aber nie mehr in ihre Heimat zurückgekehrt. Sie hat eine Wohnung in München, Milbertshofen." Augenzwinkernd klimperte Toni mit einem Schlüssel.

„Ja, eine Tarnwohnung des LKA. Wir haben uns den Schlüssel gestern gleich beim Matthias Wagner, der das für uns gemanagt hat, abgeholt und die Wohnung besichtigt. Ich wollte einfach auf Nummer sicher gehen. Wahrscheinlich werden wir die Wohnung gar nicht brauchen, aber man weiß ja nie. Dann hab ich für die Toni einen roten Mini Cooper mit Münchner Kennzeichen organisiert. Halterin ist sie mit ihren Echtpersonalien und der Münchner Adresse."

„Endlich mal keinen Fiat!", triumphierte Toni und schwenkte jetzt den Autoschlüssel.

„Weiter im Text: Sie lebt also geschieden in München und fährt einen Mini Cooper. Arbeiten tut sie bei einer Münchner Versicherungsgesellschaft. Dazu hat sie von mir ein paar Visitenkarten bekommen. Unter der Münchner Telefonnummer, die da draufsteht, würde sich der Matthias Wagner melden. Jetzt ist sie über ein verlängertes Wochenende und ein paar Urlaubstage nach Nürnberg gekommen, weil Laura Pausini, eine italienische Sängerin und Grammy-Preisträgerin, hier am Samstag in der Arena ein Konzert gibt. Das ist tatsächlich so, weshalb wir das als Anlass genommen haben. Sie wohnt in einem Hotel am Dutzendteich, weil sie von dort zu Fuß zum Konzert gehen kann. Nächste Woche würde sie noch bis Mittwoch ein bisschen shoppen und Sightseeing machen und dann erst mal am Donnerstag zurück nach München reisen. Wir ham jetzt mal für eine Woche geplant, dann schau mer mal. Soweit ihre Legende! Zum Andocken haben wir uns folgendes überlegt: Der Carmine Grillo wird von einer Observationseinheit des MEK ab heute Mittag unter Wind genommen. Bei günstiger Gelegenheit, wenn er zum Beispiel einen Kaffee trinken geht oder Tanken fährt, kommt es zu einem Zufallstreffen mit Toni. Toni ist sich sicher, dass er völlig ausflippen wird, wenn er sie nach so vielen Jahren wiedersieht. Sie war ja in jungen Jahren mit ihm und seiner Exfrau mal richtig dicke befreundet."

„Hey, was heißt hier in jungen Jahren. Ich bin immer noch in jungen Jahren. Du bekommst gleich Ärger mit mir!", bemerkte Toni grinsend, als ob sie Joe maßregeln wollte.

„Echt super, Joe, das habt ihr wirklich in der Kürze der Zeit super vorbereitet! Wie sieht denn dein Notfallszenario aus?"

„Die Toni hat von mir ein Handy mit allen Telefonnummern, die zur Legende passen. Ihr privates Handy bleibt im Hoteltresor. Ich bin für sie rund um die Uhr erreichbar. Für den Fall, dass ernsthaft Gefahr besteht, hab ich ihr diese süße kleine Sportarmbanduhr geschenkt. Mit einem Knopfdruck kann sie damit einen Notruf direkt an die Einsatzzentrale schicken. Die EZ ist instruiert und würde in so einem Fall direkt mich und eine Gruppe SEK aufrufen. Außerdem befindet sich in der Uhr ein Peilsender. Damit kann ich sie mit meinem Laptop immer orten."

„Perfekt, hört sich gut an! Toni, was meinst du dazu?"

„Ich bin damit sehr zufrieden. Diese Legende ist nicht zu aufdringlich und ich kann mich nach einer Woche auch noch zurückziehen, wenn es nötig sein sollte."

„Für einen längeren Zeitraum hab ich legendenmäßig auch schon Vorbereitungen getroffen", ergänzte Joe. „Die verdeckten Ermittler würden einen Kollegen zur Verfügung stellen, den sie als neues Gspusi in Nürnberg ausgeben könnte. Dann hätte sie einen Grund, öfter und längerfristig in Nürnberg zu sein. So können wir ihren Einsatz sukzessive ausbauen!"

Tom war hochzufrieden und auch ein Stück weit von Joe Kramer überrascht. Dieser war entgegen seinen üblichen Gepflogenheiten sehr ernst und konzentriert bei der Sache. Auch der Umgang mit Toni entsprach nicht seinem üblichen geckenhaften Gehabe, mit dem er ansonsten alle weiblichen Geschöpfe umgarnte. Keine Anmache, keine lockeren Sprüche! Wird sich doch nicht ernsthaft verliebt haben, der Joe, dachte Tom.

Einige Stunden später verfolgten Joe und er den Funkverkehr der Observationsgruppe.

„Zielperson hat Immobilienbüro verlassen und fährt mit einem Mercedes AMG Coupé, silbergrau mit Nürnberger Kennzeichen Richtung Innenstadt." Kurze Stille, leises Rauschen und Knacken der Funkgeräte. „ZP steht auf Parkplatz hinter Hauptbahnhof und unterhält sich aus dem Auto raus mit einem jungen Mann." „Team drei, wir übernehmen!" „Die Fahrt geht weiter – Marientunnel – Marienstraße – Richtung Lorenzkirche!"

Joe hielt Telefonkontakt zu Toni , die mit ihrem Mini Cooper auf einem Seitenstreifen am Plärrer stand. Mehrere Stunden bot sich keine günstige Gelegenheit für ein zufälliges Aufeinandertreffen.

„ZP kommt zu Fuß aus dem Zentrum und fährt jetzt Richtung Rathenauplatz." „Team eins, wir sind dran!" „Weiterfahrt Äußere Sulzbacher Straße!" „ZP parkt ein und geht in der Wohnsiedlung in eine Jugendstilvilla!"

„Der besucht die Frau Donato – und wetten, dass er dann in die Espressobar fährt!", mutmaßte Tom.

Joe lotste Toni in die Nähe des geparkten Mercedes von Grillo. Als vor diesem eine Parklücke frei wurde, stellte sie ihren kleinen Flitzer quer rein, so dass ein ungehindertes Ausparken für den Mercedes nicht mehr möglich sein würde. Dann ging sie in ein Geschäft mit Wohnaccessoires.

„ZP kommt zurück zum Mercedes. ZP kann nicht ausparken, schreit rum und knallt mit der flachen Hand aufs Autodach. ZP geht schimpfend in das Möbelgeschäft. ZP kommt wieder raus – Arm in Arm mit einer jungen Frau. ZP fährt zur Espressobar. Die junge Frau mit Mini Cooper hinterher. Beide gehen gemeinsam in die Espressobar."

„Achtung MEK, hier spricht Tom von der OK! Einsatzende! Wiederhole: Einsatzende! Vielen Dank, Leute, super gemacht! Schönen Abend!"

Begeistert klatschten sich Tom und Joe ab.

Zu Toms Überraschung meldete sich Joe bereits am nächsten Vormittag und berichtete, dass er Kontakt mit der Toni gehabt hätte.

„Also Tom, des hat scheints gut geklappt. Der Grillo is überhaupt net misstrauisch und hat der Toni ihre Story voll abgekauft. Der hat sich richtig gfreut, sie wiederzusehen und war mit ihr noch ewig lang in der Espressobar gehockt. Und weißt, was die Toni sagt? Der is kein bissl traurig über Don Gennaros Tod. Der is voll euphorisch, weil er der Nachfolger von ihm werden will. Er hat damit angegeben, dass ihn der Capo des Clans höchstpersönlich aus Salerno angerufen und ihm in Aussicht gestellt habe, dass er der neue Statthalter in Franken werden könne. Der hat uns sauber verarscht, als ich mit Sandra und Günter bei ihm war und er den trauernden Freund gegeben hat."

„Wieso erzählt der des mit dem Capo rum? Versteh ich net!"

„Hab ich mir auch gedacht und die Toni gefragt. Die sagt, des is wie in ihrer Jugend damals in Salerno. Da hätten sie sich als Teenager auch ständig hinter vorgehaltener Hand über die Camorra unterhalten. Des hat schon immer eine Faszination ausgeübt, und jeder kannte die wichtigen Leute, denen man Respekt entgegenbringen musste. Und wenn einer persönlichen Kontakt zu einem der ehrenwerten Herren gehabt hatte, dann hat er damit angegeben. Und der elegante, feine Herr Grillo is halt immer noch ein pubertierender kleiner Angeber."

„Ah, okay. Hat er was über den Mord gsagt?"

„Angeblich weiß er nix und hat nur rumspekuliert. Ich denk mir, die würden den Mörder von Don Gennaro schon gerne auch selber finden. Wie gsagt, da müss mer höllisch aufpassen, dass die uns net irgendwann in die Quere kommen."

„Wohl wahr, Joe! Wie gehts etz dann weiter?"

„Die Toni hat a bissl auf cool gmacht und ihm erzählt, dass sie heute eine Freundin besuche und morgen wegen des Konzerts keine Zeit habe. Jetzt sind sie für Sonntag verabredet – wollen einen Ausflug machen."

„Lässt sich doch gut an, oder?"

„Ja, Tom, schaut gut aus. Aber soll ich dir mal erzählen, was ich für a Gfredd mit der Rechnungsstelle ghabt hab. Die wollten Rechnungsbelege für die Spesen von der Toni. Solche Hirnheiner, ich brauch doch des Geld im Voraus, damit die flüssig ist. I hob hingredt wie an an kranken Gaul, bis die des endlich kapiert hom. Echt – ich sog dirs!"

Mitleid heuchelnd lobte Tom Joes Engagement und bedankte sich für dessen Informationen.

Da er Biggi versprochen hatte, am Wochenende endlich auch wieder mal zu Hause zu sein und ihr bei den Vorbereitungen für ihre Ausstellung zu helfen, verabschiedete sich Tom am Nachmittag bei Härpfer bis Montag.

Entgegen seiner Erwartung, freudig begrüßt zu werden, fuhr ihn Biggi an: „Mensch, wo bleibst du denn? Ich hab dir doch gsagt, das wir heut no alle Bilder einpacken müssen, damit wir morgen früh rechtzeitig nach Ansbach kommen. Mit dem Aufhängen wern mer do morgen Stunden beschäftigt sein."

„Hallo mein Schatz, ich freu mich auch, dich zu sehen und mit dir ein schönes Wochenende verbringen zu dürfen!", antwortete Tom, um die Stimmung zu entspannen.

„Jaaa, komm, mach hinne. Ich bin schon mal im Gartenhaus."

Eilig zog sich Tom ein T-Shirt und Shorts an, holte sich eine Flasche Wasser aus dem Vorratskeller und ging zu Biggi ins Gartenhaus. Hier hatte sie sich ein Atelier eingerichtet, um ihre Acrylbilder zu malen. Ursprünglich war mal geplant, sich eine Sauna in dem geräumigen Holzhaus einzurichten. Da dies aber über Jahre nicht zustande gekommen war, hatte Biggi das Häuschen kurzerhand in Beschlag genommen. Neben ihrer Staffelei hatte sie es sich mit zwei kleinen Sesselchen, einem runden Tischchen und einer ausgemusterten Stereoanlage ausgestattet. In der kühleren Jahreszeit konnte sie mit einem Ölradiator sogar einheizen.

Als Tom eintrat, summte sie gerade mit ihrem Lieblingssänger Ed Sheeran dessen Ballade über die perfekte Liebe. Das Verpacken der für die Ausstellung zurechtgestellten Bilder ging gemeinsam relativ flott voran, so dass sich Biggis Laune zusehends besserte.

„Schatz, hast du eigentlich mit dem Willi wegen dem VW-Bus schon gesprochen?“

„Ja, ich hab ihm vor einiger Zeit mal angekündigt, dass ich mir seine alte Kiste für den Transport deiner Bilder gerne ausleihen würde. Da hat er mir gsagt, dass es überhaupt kein Problem wär. Aber ich geh etz dann gleich noch mal rüber zu ihm und mach des für morgen Vormittag fix.“

„Ja, bitte sei so lieb. Dann mach ich uns a bissl was zum Abendessen. Wir können ja auf der Terrasse essen, was meinst du? Die Jungs müssten auch jeden Moment da sein.“

Am Tag darauf holte sich Tom den alten VW Bus seines Nachbarn und begann damit, die eingepackten Gemälde darin zu verstauen. Als er nach mehrmaligem Hin und Her zum Gartenhaus kam, sah er, wie Biggi eine WhatsApp-Nachricht öffnete und glücklich schmunzelnd las. Als sie ihn bemerkte, fuhr sie erschrocken herum und schloss die Nachricht. Kurze Zeit später, Tom hatte das letzte Bild im VW-Bus untergebracht, hörte er auf dem Weg in die Küche Biggi telefonieren. „... Dankeschön, das ist lieb von dir ...“, waren die Wortfetzen, die er mitbekam. Als er in die Küche trat, hatte sie das Gespräch bereits beendet und wirkte sichtlich nervös.

„Alles verstaut! Ich lass mir schnell noch einen Espresso raus, dann können wir los. Wenn wir in Ansbach ausgeladen haben, fahr ich die Kiste dem Willi zurück und komm mit dem Auto wieder zu dir. Dann haben wir alle Zeit der Welt um deine Kunstwerke aufzuhängen.“

Obwohl der so geplante Tagesablauf und auch der Sonntag im Kreise der Familie sehr harmonisch verliefen, hatte sich bei Tom ein gewisses Misstrauen breitgemacht. Was war nur los mit ihr, fragte er sich. Sie hatte doch sonst nie Geheimnisse vor ihm – und jetzt war es fast offensichtlich, dass sie etwas verbarg.

… nebulös …

Als Tom am Montagmorgen gemeinsam mit mehreren Kolleginnen und Kollegen der Sonderkommission auf dem Weg zum Soko-Raum war, klingelte sein Handy: „Guten Morgen, hier is der Joe. Horch amol, ich hab Neuigkeiten von der Toni. Die hat gestern bei ihrem Sonntagsausflug mit dem Grillo erfahren, dass der Don Gennaro eine Freundin hatte. Eine verheiratete Frau, von der er aber angeblich nur den Vornamen „Elli" weiß. Grillo hat sie ein paarmal gesehen, wie sie in den letzten Monaten mit Donato in Langwasser in eine Wohnung im obersten Stock, über der Immobilienverwaltung, gegangen sind. Dort haben sie wohl immer ihre Schäferstündchen abgehalten. Und – aufgemerkt – etz kommts: Ein paar Tage, bevor Donato spurlos verschwunden ist, hat ihm der Ehemann dieser Elli vor der Espressobar aufgelauert und auf ihn eingeprügelt. Ein paar Jungs aus der Bar haben dem Mann, der angeblich groß und kräftig war, auf die Fresse gegeben, so dass der geflüchtet ist und mit einem schwarzen Pick-up weggefahren sein soll. Der Grillo weiß aber angeblich weder, wie der heißt, noch wo er wohnt. Die Toni hat mich heut Nacht, kurz vor Mitternacht, als sie ins Hotel zurückkam, noch informiert. Ich wollte dich aber nicht mehr stören!"

„Ja, des passt schon, Joe. Aber des is ja hochinteressant. Bloß: wie kriegen wir jetzt raus, wer der gehörnte Ehemann is?"

„Ich hab mir gedacht, ich geh mal die Videoaufzeichnungen der Tankstelle vom Tag des Verschwindens durch und schau, ob der Pick-up an diesem Tag vielleicht auch dort war. Wenn nicht, fahr ich nochmal zur Tanke raus und lass mir die Videoaufzeichnungen von den Tagen zuvor noch geben."

„Gute Idee, Joe – mach das! Sag der Toni liebe Grüße von mir – die is wirklich Klasse."

Schulterklopfend begrüßte Härpfer Joe im Flur vor dem Soko-Raum. Als sie gemeinsam eintreten wollten, klingelte auch dessen Handy: „Leander, das ist perfekt. Ihr seid ja sagenhaft – ich freu mich. Ciao, bis später!“

Härpfer klopfte dreimal auf den großen ovalen Tisch und begrüßte seine Sonderkommission. Die Anwesenden reagierten mit einer wenig euphorischen Montagmorgen-Stimmung. Auch die Ergebnisberichte der Ermittler konnten diese Stimmung anfänglich nicht verbessern. Die umfangreiche Suche nach Zeugen im Ramsberger Hafen hatte weder bei den bislang kontaktierten Segelbootbesitzern noch bei den Wohnmobilfahrern etwas ergeben. Auch die Kontaktaufnahme mit den Mietern der auf den Stegen im Ramsberger Hafen gebauten Ferienhäuser, den sogenannten „Floating Houses“, war ergebnislos geblieben. Ebenso wenig konnten Sandra und Günter aus den Vernehmungen von Donatos Geschäftspartnern Erfolge vermelden.

Heiner Schulz berichtete, dass er lediglich einen Beschlagnahmebeschluss für das Handy von Leonardo Donato zur Alibiüberprüfung bekommen habe. Ein Durchsuchungsbeschluss sei ihm vom Ermittlungsrichter verwehrt worden. Er wolle das Handy heute einkassieren und auswerten lassen.

„Boerne“ Tomaschek berichtete ausführlich von der intensiven Suche nach DNA-, Finger-, Faser- oder sonstigen Spuren an der Leiche sowie an deren Verpackung, um schlussendlich etwas kleinlaut einräumen zu müssen, dass bislang lediglich eine verwaschene DNA-Spur, innen an der Verpackungsfolie, gefunden wurde. Für einen automatisierten Vergleich mit der DNA-Datenbank sei diese Spur aber nicht zu gebrauchen.

Erst als Tom von der Liaison Donatos mit einer verheirateten Frau und deren schlagkräftigen Ehemann berichtet hatte, keimte Zuversicht auf. Eifersucht war schon oft genug Motiv für einen Mord gewesen.

Härpfer befeuerte die Hoffnung auf ein Weiterkommen im Fall

mit der Ankündigung, dass die Operative Fallanalyse ihr Täterprofil schon fertig habe und Leander Korn bereits auf dem Weg nach Ansbach sei.

„Ich möchte euch bitten, dass alle, die nicht dringende Ermittlungen durchführen müssen, nachher ab 10 Uhr wieder hier sind, um uns gemeinsam das Ergebnis der OFA anzuhören. Ansonsten hat uns die Presseveröffentlichung am Wochenende rund 100 Hinweise aus der Bevölkerung eingebracht. Jeder, der aktuell keinen Arbeitsauftrag mehr hat, darf sich bei mir gerne a Packerl Hinweise zur Bearbeitung abholen."

Zwei Stunden später war der Soko-Raum proppenvoll. Neben den Angehörigen der Sonderkommission waren auch ein Vertreter des Polizeipräsidiums und „Sunny" Kellermann von der Pressestelle gekommen und warteten gespannt auf die Präsentation der OFA.

Leander Korn erzählte Härpfer und Tom, während er seine Präsentation hochfuhr, dass er mit seinem Team auch am Wochenende gearbeitet habe. Ohne große Vorrede übergab Dieter Härpfer, mit einem „Vergelts Gott" für die schnelle Arbeit, das Wort an Korn.

Dieser startete eloquent und souverän in seinen Vortrag: „Griaß eich, Kolleginnen und Kollegen. Danke für euer Kommen und euer Interesse am Ergebnis der operativen Fallanalyse, welches wir in drei Themen aufgeteilt haben: Erstens Tathergang und Fallcharakteristik, zweitens Motivbewertung und drittens Täterprofil.

Bevor ich euch die Methodik der Analyseschritte und die detaillierten Begründungen der einzelnen Ergebnisse erläutere, möchte ich euch kurz ein komprimiertes Ergebnis voranstellen:

Bei der Tat handelt es sich um eine klassische Entführung und Freiheitsberaubung, die auf Grund der Behandlung des Opfers mit einem vorsätzlichen Mord endete. Die Leichenablage erfolgte öffentlich, will sagen, sie musste zwangsläufig zur Auffindung der Leiche führen. Der gesamte Tatablauf in allen Tatphasen, also Opfer ausbaldowern und entführen, Opfer foltern und qualvoll sterben lassen, sowie die Leichenablage ist von einem hohen Planungsgrad geprägt. Wir haben es sicher nicht mit einer spontanen Kurzschlusshandlung zu tun. Die Behandlung des Opfers, also das Zertrümmern der Finger, setzt bewusst ein Zeichen der Bestrafung und ist in Kombination mit der öffentlichen Ablage auch als eine Art Botschaft zu verstehen. Dieses Zeichen heißt nach unserer Interpretation: „Finger weg" von was auch immer. Da erscheinen verschiedene Alternativen denkbar:

Finger weg – von meinem Geld, meinem Hab und Gut! Hier könnte ein Diebstahl, Raub oder Betrug durch Donato vorausgegangen sein.

Finger weg – von meinen Geschäften! Hier könnte eine feindliche Übernahme von Geschäften der Konkurrenz durch Donato vorausgegangen sein.

Finger weg – von meinem bzw. einem Kind! Hier könnte ein Missbrauch durch Donato vorausgegangen sein.

Finger weg – von meiner Frau. Hier könnte eine Beziehung, zum Beispiel mit einer verheirateten Frau, durch Donato vorausgegangen sein.

Wir halten es für unwahrscheinlich, dass Donato beziehungsweise sein Umfeld erpresst worden ist. Hätte man mit dem Zertrümmern der Finger etwas aus ihm herauspressen wollen, hätte der Täter ihn mit Getränken versorgt und länger leben lassen.

Wir halten auch einen klassischen Mafiamord eher für unwahrscheinlich. Da hätte man die Leiche mit hoher Wahrscheinlichkeit auf Nimmerwiedersehen verschwinden lassen.

Soviel zur Tat; nun zum Motiv: Der Täter rächt sich offenbar an Donato für vorausgegangenes Tun und bestraft ihn qualvoll dafür. Dies will der Täter nicht nur heimlich und für sich alleine tun, sondern durch die Leichenablage zur Schau stellen. Niedrige

Beweggründe, wie Rache und Eifersucht, gepaart mit Heimtücke und Grausamkeit, drängen sich hier als Mordmotive auf!

Offen ist für uns die Frage, woher dieser Hass rührt: Kommt dieser Hass aus der Situation zwischen Opfer und Täter, oder ist er in der Persönlichkeit des Täters verankert und bahnt sich bei der Tatbegehung seinen Weg an die Oberfläche?

Nach unserer Hypothese dürfte der Täter männlich, kräftig und intelligent sein, was aus Planung und Ablauf der Tat zu schließen ist. Dieses planerische Vorgehen und die Tatsache, dass er die Gewalt nicht impulsiv auslebt, lassen auf einen Täter im fortgeschrittenen Alter schließen. Einen jungen Täter schließen wir aus, da er vermutlich auch schon Erfahrung in der Anwendung von Gewalt und bei der Begehung von Straftaten hat. Aus der Folter und dem qualvollen Sterbenlassen ergibt sich eine sadistische Neigung und mit hoher Wahrscheinlichkeit eine schwere Form einer Persönlichkeitsstörung des Täters.

Kurz gesagt, wir sind der Meinung, dass wir es mit einem Psychopathen zu tun haben. Dazu muss man wissen, dass Psychopathen aber durchaus charmante, eloquente Gesprächspartner sein können. Sie sind manipulativ und ohne Empathie. Oft kommen sie aus einem gestörten Elternhaus und zeigen schon in der Kindheit Verhaltensstörungen.

Will sagen, du stehst dem gegenüber und wirst seine Persönlichkeitsstörung nicht erkennen!“

Detailgenau begann Korn nun die Methodik der Fallanalyse zu erläutern. Ebenso begründete er jede Feststellung mit bisher bekannten Fakten des Falls. Als er sich abschließend bedankte und viel Glück bei der weiteren Tätersuche gewünscht hatte, bemerkte Günter Rager halblaut in die Runde: „Super, kein Mafiamord, dann können wir ja zampacken!“

Grinsend erwiderte ihm Härpfer: „Aber Günter, wie solln wir des denn ohne euch schaffen? Ihr seid doch unsere große Hoffnung!“

„Ja, von mir aus, wenn ihr des so seht; dann woll mer mal net so sein!"

Während sich der Soko-Raum unter regen Diskussionen langsam leerte, fragte Härpfer zu Leander Korn und Tom gewandt, was sie denn von einer kleinen Mittagspause halten würden. Korn, der schnell noch den letzten Schluck Wasser aus seinem Glas runterkippte, stimmte gerne zu. „Gibts die Möglichkeit, dass ich a bissl was von Ansbach zu sehen bekomm? Weil – bisher ist eure Dienststelle die einzige Sehenswürdigkeit, die ich von Ansbach kenne."

„Ja, sowieso geht des!", erwiderte Tom. „Wir fahrn zur Inspektion runter an den Karlsplatz und von dort gehen wir zu Fuß übers Herrieder Tor durch die Fußgängerzone zum Schloss und weiter zur Orangerie. Dort können wir a Kleinigkeit essen. Der Dieter und ich, wir sind bestimmt net die schlechtesten Stadtführer."

So schlenderten die drei Kriminalisten kurze Zeit später durch Ansbachs Innenstadt. Immer wieder hielten sie kurz inne, um Leander Korn auf die eine oder andere Sehenswürdigkeit hinzuweisen. Dabei gerieten Tom und Dieter Härpfer fast in einen kleinen Konkurrenzkampf. Egal, ob am Herrieder Tor mit seinem Glockenspiel, dem Stadthaus, der Gumbertuskirche, der Residenz oder der Orangerie, immer wieder ergänzte oder korrigierte einer die Ausführungen des anderen. Das Ganze gipfelte in der Behauptung Härpfers, der Mord an Kaspar Hauser 1833 im Ansbacher Hofgarten sei der letzte ungeklärte Mord der Ansbacher Kriminalpolizei gewesen. Unter Gelächter zu diesem letzten und einzigen Cold Case ließen sie sich im Außenbereich des Restaurants vor der Orangerie nieder. Auf Empfehlung Härpfers bestellten sie „Saure Zipfel" und je ein alkoholfreies „Seidla".

Gerade als sie mit dem Essen begonnen hatten und Leander Korn die verschiedenen Zubereitungsmöglichkeiten von fränkischen Bratwürsten erklärten, klingelte Toms Handy.

„Ich hob ihn! Servus Tom. Ich hob ihn!", triumphierte Joe. „Ich hob den Mann von der Elli! Also, ich hob mir die Videoaufzeichnungen von der Tankstelle, die wir zwei uns vom Abend des Verschwindens geben ham lassen, nochmal durchgeschaut. Und – Bingo! Da ist unter anderem ein schwarzer Pick-up zu sehen, der einmal durchs Bild fährt, später wiederkommt, kurz auf dem Parkstreifen hält und dann wieder weiterfährt. Den Fahrer kann man leider nicht erkennen, aber zum Glück kann man das Rother Kennzeichen lesen. Halter ist ein Wolfgang Göpfert. Wohnt mit seiner Ehefrau – aufgemerkt: Elisabeth, also, ich sag mal „Elli" zu ihr – in Abenberg. Genaue Adresse schick ich dir per WhatsApp. Der Herr Göpfert ist Berufssoldat bei der Bundeswehr in Roth. Bisher kriminalpolizeilich nicht in Erscheinung getreten."

„Sehr gut, Joe, das würde heißen, Ellis eifersüchtiger Ehemann war, nachdem er sich ein paar Tage vorher mit Don Gennaro vor der Espressobar geprügelt hat, am Abend des Verschwindens nochmal dort. Und dass die Ehefrau von diesem Göpfert Elisabeth heißt, ist auch ein Indiz dafür, dass er tatsächlich der eifersüchtige Ehemann ist."

Mit wenigen Sätzen war der Plan für das weitere Vorgehen geschmiedet: Tom lässt sich von Günter am Eingang des Hofgartens abholen, um nach Abenberg zu fahren. Härpfer bringt Leander Korn zu seinem Fahrzeug an der Kripo zurück und lotet dann bei einem Telefonat mit Frau Staatsanwältin Reiter-Lösslein die Chancen für einen Durchsuchungsbeschluss aus.

Offensichtlich deutlich zu schnell für die Innenstadt kam Günter Rager mit dem 3er BMW auf Tom zugefahren. Da auf dem Beifahrersitz Sandra Keller saß, schwang er sich in den Fond des Wagens.

„Auf gehts, Freunde! Sandra, magst du bitte die Adresse ins Navi eingeben?", bat Tom und reichte ihr sein Handy, von dessen Display sie Göpferts Adresse in Abenberg übernehmen konnte. Dann erklärte er den beiden kurz den Sachstand.

„Wir fahren etz nach Abenberg und klären, ob die Elisabeth

Göpfert tatsächlich die Geliebte von Don Gennaro war. Wenn wir das verifizieren können, muss uns der Dieter Härpfer einen Durchsuchungsbeschluss besorgen und Verstärkung schicken. Und dann schau mer halt mal, wie der Herr Göpfert reagiert."

Idyllisch und adrett präsentierte sich das Einfamilienhäuschen am Südhang der Wohnsiedlung. Im klassischen fränkischen Baustil, weiß getüncht, mit Sprossenfenstern und roten Biberschwanzziegeln, stand es vor ihnen. Eine breite Einfahrt bot ausreichend Parkmöglichkeit vor einer Doppelgarage.

Als sie eingeparkt hatten, bat Tom Günter, die Gartenseite abzusichern. „Net, dass der Herr Göpfert plötzlich laufert wird!" Dann drückte er die Klingel an der Haustür. Dass daraufhin die Glocken von Big Ben in London zu hören waren, fand Tom einfach nur affig für das kleine Häuschen.

„Ja, bitte?", ertönte eine weibliche Stimme aus der Sprechanlage.

„Hoffmann, die Kriminalpolizei – wir würden gerne mal mit Ihnen sprechen, Frau Göpfert."

Sekunden später öffnete eine schlanke Enddreißigerin mit dichten, gewellten, langen blonden Haaren. In ihren Jeans Hotpants und einem einfachen weißen T-Shirt wirkte sie auf Tom wie die jüngere, sportlichere Schwester von Elisabeth Donato. Gleiches Beuteschema und auch noch der gleiche Vorname, fuhr es Tom durch den Kopf.

„Grüß Gott, Frau Göpfert, mein Name ist Hoffmann von der Kriminalpolizei", grüßte sie Tom und hielt ihr seinen Dienstausweis unter die Nase. „Meine Kollegin, Kriminalkommissarin Keller und mein Kollege, Herr Rager! Günter, kommst du bitte! Wir hätten ein paar Fragen an Sie. Sind Sie denn allein zu Hause?"

„Ja, dann kommens halt mit rein. Wir müssen des ja net vor der Nachbarschaft besprechen, was sie mich fragen wollen", erwiderte Frau Göpfert und bat sie wenig freundlich in ihr Wohnzimmer, wo sie auf der großen, rechteckigen, grauen Couch Platz nahmen.

Entgegen dem ersten Eindruck von dem Häuschen, erschien die Inneneinrichtung sehr nüchtern und kühl. Hellgraue Sideboards, ein Wohnzimmertisch im Industrial Style, ein riesiger Fernseher und kaum Dekoration, wie man das bei einer Frau im Haus hätte erwarten dürfen. Eine große braune Perserkatze schlurfte über den gefliesten Fußboden, sprang auf die Couch und schmuste sich an Sandra ran.

„Ist Ihr Mann auch zu sprechen?", wiederholte Tom seine Frage.

„Nö, der is unterwegs. Also, was wolln Sie denn wissen?"

„Wir möchten wissen, ob Sie die Geliebte von Gennaro Donato waren."

Mit großen Augen schaute sie Tom, dann Sandra und Günter an. Unmerklich begann ihr Körper zu zittern und zog sich im Sitzen zusammen. Ihre Hände klemmte sie sich zwischen die Knie.

„Is er tot?"

„Es tut mir leid, Frau Göpfert – ja, er wurde ermordet."

Jetzt entwickelte sich das leichte Zittern zu einem regelrechten Schüttelfrost. Sie begann zu schluchzen und lautstark zu weinen. Sandra schob die Katze zur Seite, setzte sich neben Frau Göpfert und legte ihren Arm um deren Schulter. Günter holte aus der Küche ein Glas Leitungswasser und stellte es ihr auf den Tisch. Ohne ein Wort warteten die Kriminaler geduldig ab, bis sie sich wieder gefasst hatte. Sie stand auf, holte sich ein Taschentuch aus einer Schublade und schnäuzte sich ungeniert, um dann loszulegen:

„Ja, das war ich. Ja, ich war die Geliebte von Gennaro Donato. Warum das eine verheiratete Frau macht, wollen Sie etz bestimmt wissen. Ganz einfach, weil ich alleine und einsam war. Weil ich keine Kinder kriegen kann. Weil mein Mann in Afghanistan war und weil Gennaro mich wahrgenommen hat, mich verwöhnt hat, mich angehimmelt hat, mir Geschenke gemacht hat. Ich war letzten Herbst mit ein paar Freundinnen in Gunzenhausen bei dem Nobelitaliener, wo eine Freundin ihren Vierzigsten gefeiert hat.

Da haben wir uns kennengelernt. Gennaro hatte dort mit dem Chef was besprochen und saß danach ganz alleine an einem Tisch beim Essen schräg gegenüber von uns. Unsere Blicke haben sich getroffen. Ich konnt gar nimmer woanders hinschauen, so fasziniert war ich von Anfang an von diesem Mann. Auf dem Flur zur Toilette hat er mir seine Visitenkarte gegeben und gesagt, dass er mich vor meinen Freundinnen nicht kompromittieren wollte, und wenn ich mag, solle ich ihn doch mal anrufen. Ein paar Tage später hab ich ihn angerufen und wir haben uns verabredet. Wir haben uns Hals über Kopf verliebt und von da an immer wieder getroffen. Ich hatte ja Zeit. Ich arbeite nur halbtags bei der Stadtverwaltung und mein Mann war, wie gesagt, net da.

Und bitte schauns mich etz net so an. Natürlich wusste ich, dass der Gennaro auch verheiratet ist. Wir haben beide einfach nur diese Leichtigkeit und Lebensfreude genossen. Als dann vor zweieinhalb Monaten mein Mann aus Afghanistan zurückkam, haben wir uns nicht mehr so oft gesehen und waren sehr vorsichtig, dass er nix merkt. Der Wolfi ist bei der Bundeswehr am Standort in Roth beschäftigt. Des ging auch a ganze Zeit gut. Aber genau heut vor drei Wochen ist er uns durch einen blöden Zufall draufgekommen. Ich hatte ihm gesagt, dass ich am Nachmittag in Nürnberg beim Shoppen bin. Mit Gennaro war ich am Parkplatz hinterm Bahnhof in Nürnberg verabredet, wo ich mein Auto stehen ließ und zu ihm umgestiegen bin. Da hat uns mein Mann gesehen, weil er an diesem Nachmittag einen Kameraden zum Bahnhof nach Nürnberg gefahren hat. Am Abend hat er dann richtig Zinnober gmacht. Am nächsten Tag wusste er den Namen von Gennaro schon. Zwei Tage später is er am späten Abend mit einem blauen Auge und aufgeplatzter Lippe heimgekommen. Seither redet er fast nix mehr mit mir. Mein Handy hat er mir weggenommen und im Tresor eingesperrt und mir jeden Kontakt zu Gennaro verboten. Meistens hockt er seither drunten bei seinen Weihern. Ungefähr so zwei Kilometer von hier betreibt er a

Karpfen- und Forellenzucht.

Am Wochenende hab ich dann in der Zeitung glesen, dass im Brombachsee ‚die Leiche des italienischen Geschäftsmannes Gennaro D.' gefunden worden sei. Da war mir ..." – hier versagte ihr die Stimme.

„Aber wie hätt ich denn Gewissheit bekommen sollen? Ich kann doch net seine Frau anrufen."

Tom bedankte sich für ihre offenen Worte und bat dann, kurz in der Küche telefonieren zu dürfen. Unterdessen fragte Günter, ob sie sich denn vorstellen könne, dass ihr Mann etwas mit dem Tod von Gennaro zu tun habe.

„Also, was is denn des für eine Scheißfrage? Sie fragen mich allen Ernstes, ob mein Mann meinen Geliebten umgebracht hat. Was möchten Sie denn da für eine Antwort von mir hören?"

„Die Wahrheit, Frau Göpfert", erwiderte Günter kühl.

„Die Wahrheit is, dass ich es nicht weiß. Das ist die Wahrheit!"

Tom erklärte nach seinem Gespräch mit Dieter Härpfer, dass die Kommissarin Keller jetzt bei ihr bleiben und auf die Kollegen der Sonderkommission warten werde. Anschließend würden die Beamten ihr Haus, das Anwesen und die Fahrzeuge durchsuchen. Nachdem er sich von ihr die Wegbeschreibung zu den Weihern ihres Mannes geben hatte lassen, machte er sich mit Günter dorthin auf den Weg.

Über einen geschotterten Weg, der sie direkt von der Wohnsiedlung zwischen Feldern in den Wiesengrund hinunterführte, erreichten sie die Weiheranlage am Waldrand. Neben drei Karpfenweihern waren auch zwei große Bassins betoniert, welche über einen Rohrzufluss mit Wasser gespeist wurden. Daneben stand eine Holzhütte, vor der ein kräftiger Mann in Gummistiefeln, mit kurzer Hose und kariertem Hemd an einem alten Holztisch mit dem Schlachten von Fischen beschäftigt war.

Am Ende des Weges stellte Günter das Fahrzeug ab, und beide gingen zu Fuß über einen Weiherdamm auf den Mann zu.

„Ja Pfui Deifl, hast des gsehn. Dort drüben am Damm, Ratzen. Wos sinnern des – Wasserratzen?", fragte Günter angewidert.

„Keine Ahnung, mit sowas kenn ich mich a net aus."

Der Mann, der sich, ohne aufzusehen, nicht von seiner Arbeit abbringen ließ und über den Holztisch gebeugt von hinten wie bucklig aussah, schob seinen Strohhut etwas in den Nacken und beantwortete Günters Frage:

„Des sen Bisamratzen. De Hundsfregger machn alles hi. De unterminieren mit ihren Gängen unsere Dämme. Do därfst immer schaua, das net irgendwo des Wasser abläuft. Früher hat mer ihna des Fell über die Ohrn zong und verkauft. Ober heitzutog will ja kanner an Pelzmantel mehr. Wenns uns wieder amol zu viel wern, stell mer Fallen auf. Do sen dann glei a boor hi!"

Während er sprach, schlug er mit einem kräftigen, runden Holzstock auf den Kopf einer Forelle, die er mit der linken Hand festhielt. Unmittelbar darauf nahm er ein Schlachtermesser, schlitzte dem Fisch den Bauch auf und entnahm die Innereien.

Hinter vorgehaltener Hand flüsterte Günter: „So wie der draufhaut, muss i glei an die Finger vom Donato denken. Ich glaub, wir liegn richtig!"

„Und wos seid no etz ihr zwa eigentlich für Gstalten? Ihr seid doch bestimmt net kumma, um mit mir über Bisamratzen zu reden?"

„Mir zwa Gstalten sen a weng vo der Kriminalpolizei", blaffte Tom im gleichen Ton zurück. „Wir müssten mit Ihnen reden, Herr Göpfert."

„Scheißerla, do seid ihr bei mir total falsch, weil ich nicht der Göpfert bin!"

„Sondern?", fragte Tom kurz angebunden.

„Der Leonhard Gruber. Ich helf dem Göpferts Wolfi bloß immer a bisserla."

„Und wo find mer den Herrn Göpfert?"

„Drom auf der Burg!"

„Wie jetzt, drom auf der Burg?"

„No, dreh di halt um. Schaust über die Stadt nauf, no siehst, dass über Abenberg a Burg drobn steht. Dort hom se a Museum, a Hotel und a Restaurant. Und weil do heit Abend der Golfclub a Feier hat, hom mir 15 Forellen gschlachtet, die der Wolfi grod nauf bringt."

„Ah, verstehe. Können Sie sich dann bitte noch ausweisen?"

„Hallo – gehts no? Glaubst du vielleicht, dass i zum Forellenschlachten mein Perso dabei hob. Naa – ich kann mich nicht ausweisen, Herr Polizist!"

„Okay, des mach mer dann ganz anders!", schwenkte Tom um und zückte sein Handy. Per Videotelefonat wählte er Sandra Keller an. Als deren Gesicht auf dem Display erschien, bat er sie darum, dass Frau Göpfert den Mann, welchen er ihr gleich zeigen werde, identifizieren solle. Sekunden später, die Kamera des Handys auf Leonhard Gruber gerichtet, hörte er Frau Göpfert sagen: „Des is der Grubers Lärd – äh, also Leonhard Gruber. Der hilft meinem Mann gelegentlich bei der Teichwirtschaft."

„Danke, Sandra, das wars schon!"

Auf dem Rückweg zu ihrem Fahrzeug sahen sie erneut einen Bisam, wie er an der Uferböschung elegant in den Weiher abtauchte.

„Wasserratzen, des is für mich sowas grausiges. Wobei, mich grausts ehrlich gsagt ja auch schon vor Mäusen", gestand Günter.

„Ich find des ganz witzig, weil ich mit dem Begriff ‚Wasserratz' was völlig Anderes verbinde. Ich denk do an a kleines Kind, des total begeistert und ausgelassen badet und im Wasser plantscht. Und dem sei Mama dann ruft: ‚Etz kumm raus, du klaner Wasserratz!' Des is meine Assoziation zu ‚Wasserratz'", philosophierte Tom.

Eine rotweiße Schranke versperrte ihnen den Weg durch das sandsteingemauerte Burgtor hinauf in den Burghof. Über eine

Sprechanlage konnten sie sich bemerkbar machen und so dafür sorgen, dass ihre Fahrt erst unmittelbar vor dem Eingang des Restaurants endete.

Der Eindruck war überwältigend: Eine riesige Burgmauer mit alles überragenden Türmen umgab den teilweise begrünten, stattlichen Innenhof. Die gesamte Burganlage mit allen Gebäuden war auf das Allerfeinste restauriert und versetzte die Betrachter unwillkürlich in einen mittelalterlichen Sommertag. Die Bestuhlung mit den Sonnenschirmen vor dem Restaurant übte eine verführerische Anziehungskraft aus.

„So, do bleim mer etz – trinken Kaffee, essen Erdbeerkuchen mit Schlagsahne und machen einfach nix mehr!", bemerkte Günter strahlend.

„Ja, von wegen, jetzt gehts erst richtig los. Dort drüben am Lieferanteneingang steht der Pick-up vom Göpfert. Wollen doch mal sehn, wo der Herr ist und was er uns zu sagen hat."

Am Lieferanteneingang trat ein großer, muskulöser Mann ins Freie. Sein dunkelblaues Polohemd, das sich über seinen Oberkörper spannte, zeigte Schweißränder unter den Achseln. Eine Plastikwanne, die er in der Hand hielt, stellte er mit Schwung auf die Ladefläche seines Pick-ups und verabschiedete sich dann vom Koch, der sich, unter der Tür gelehnt, eine Zigarette anzündete. Aufmerksam schielte er herüber, als er die Kommissare auf sich zukommen sah, fuhr sich mit einer Hand über seine stoppelige Kurzhaarfrisur und stemmte dann beide Hände in die Hüfte.

„Hallo, Herr Göpfert, wir möchten mit Ihnen sprechen. Hoffmann, von der Kripo. Mein Kollege Rager!" Während Tom seinen Dienstausweis zückte, stellte sich Günter schräg hinter den Mann, so dass ihm der Weg zu seiner Fahrzeugtür versperrt war.

„Ja bitte, worum gehts? Wie kann ich Ihnen helfen, meine Herren?"

„Wir ermitteln im Mord an Gennaro Donato, mit dem Sie eine Auseinandersetzung hatten. Deshalb fordere ich Sie auf, mit uns zur Kripo nach Ansbach zu kommen, um dort eine Zeugenaussage zu machen."

„Verstehe", antwortete er nickend. „Mit Ihrem Kommen habe ich schon gerechnet. Bin ich festgenommen?"

„Nein, Herr Göpfert, das sind Sie nicht. Ich mache Sie aber darauf aufmerksam, dass heute noch in Ihrem Haus ein Durchsuchungsbeschluss vollzogen wird und wir Ihren Pick-up auch durchsuchen und erkennungsdienstlich behandeln werden. Außerdem benötigen wir von Ihnen Fingerabdrücke und DNA-Material. Wenn das alles abgeschlossen ist, wird entschieden, ob Sie auf freiem Fuß bleiben oder nicht. Das heißt, im Moment wäre alles noch auf freiwilliger Basis."

„Verstehe, dann fahr ich jetzt hinter Ihnen her nach Ansbach. Und eins vorweg, damit es keine Missverständnisse gibt: Ich habe diesen Herren nicht umgebracht!"

Im Unklaren darüber, ob die Bereitwilligkeit von Göpfert echt war oder ob sie nur die Flucht nach vorne zur Schau stellte, stiegen Tom und Günter in ihren BMW. Sich immer wieder im Rückspiegel vergewissernd, dass Göpfert auch tatsächlich in ihrem Schlepptau blieb, fuhren sie direkt bis in den Innenhof der Ansbacher Kriminalpolizei. Dort wartete bereits ein Kollege der Spurensicherung, der sich von Göpfert den Schlüssel des Pick-ups geben ließ.

Im Vernehmungszimmer, in dem nichts stand als ein einfacher Tisch, an einer Seite zwei Holzstühle und auf der anderen Seite einer, waren die Vorhänge zugezogen. Tom knipste das Neonlicht an. Die Wände waren leer; keine Bilder – nichts sollte ablenken. Tom rückte die beiden auf dem Tisch stehenden Mikrofone so zurecht, dass sowohl Göpfert auf der einen Seite wie auch er auf der anderen Seite gut hineinsprechen konnten. Dann bat er Göpfert, Platz zu nehmen, schenkte ihm in einen Plastikbecher Wasser ein und stellte ihm den Rest der Wasserflasche daneben.

„Herr Göpfert, wir vernehmen Sie als Zeuge zum Tötungsdelikt an Gennaro Donato. Als Zeuge sind Sie verpflichtet, die Wahrheit zu sagen. Sie müssen sich aber nicht selbst belasten. Haben Sie das soweit verstanden? Noch Fragen?"

„Verstanden – keine Fragen!", antwortete Göpfert militärisch.

Ohne große Umschweife offenbarte Tom sein Wissen zum Liebesverhältnis von Göpferts Ehefrau mit Donato und zur Schlägerei vor der Espressobar.

„Verstehe, Herr Hoffmann – ich kenne meine Rechte, ich hab nach dem Abi mal ein paar Semester Jura studiert. War mir dann aber zu trocken und bin deshalb zur Bundeswehr gegangen. Habs bis zum Major gebracht am Standort in Roth. Bis vor drei Monaten war ich ein Jahr lang, jetzt schon zum zweiten Mal, in Afghanistan. Jetzt bin ich wieder hier, um an der Standorterweiterung mitzuarbeiten. Während meiner Zeit in Afghanistan hat meine Frau wohl eine Affäre mit diesem Herrn angefangen. Vor ungefähr drei Wochen bin ich ihr draufgekommen. War reiner Zufall. Ich hab an diesem Nachmittag meinen Standortkommandeur zum Bahnhof nach Nürnberg gebracht. Mit dem Oberst bin ich freundschaftlich verbunden. Deshalb hab ich den Chauffeur gemacht. Auf dem Parkplatz beim Bahnhof hab ich gedacht, ich trau meinen Augen nicht. Da steigt meine Elli aus ihrem Auto aus, knutscht in aller Öffentlichkeit mit einem Kerl rum und steigt dann zu dem in die Nobelkarre. Ich hab mir natürlich gleich das Kennzeichen aufgeschrieben. Am nächsten Tag wusste ich dann bereits von den Feldjägern den Halter und seine Adresse in Erlenstegen. Hab ich mir tags darauf halt mal angeschaut, die Villa des feinen Herrn, und bin ihm gefolgt, als er zu Fuß stadteinwärts in eine italienische Bar gegangen ist. Ich hatte so eine wahnsinnige Wut, die sich immer mehr aufgestaut hat, während ich im Auto gewartet habe. Als er rauskam, hab ich ihm frei weg eine in die Fresse geschlagen. Ich hätts ihm schon noch richtig besorgt, wenn da nicht zwei so kleine Drecksäcke gekommen wären und ihm geholfen hätten. Letztlich musste ich dann türmen. Mehr war nicht. Mehr hab ich dem Mann nicht getan. Ich hab ihn auch nicht umgebracht, auch wenn ich das zugegebenermaßen zwischendurch schon mal im Kopf hatte."

„Ham Sie sich denn mal schlau gemacht, mit wem Sie es da zu tun haben?"

„Nö, wie meinens denn des? War mir doch völlig wurscht, wer oder was der feine Herr ist."

„Am Freitag dieser Woche ist Donato spurlos verschwunden. Was haben Sie damit zu tun?"

„Nichts – gar nichts! Ich hab weder mit seinem Verschwinden noch mit seinem Tod was zu tun."

„Herr Göpfert, wir wissen aber gesichert, dass Sie an diesem besagten Freitag zur Zeit seines Verschwindens erneut bei dieser Espressobar waren."

„Verstehe – ja, okay, war ich. Ich war wütend und gekränkt, nicht nur wegen der Affäre, sondern auch, weil ich Prügel bezogen hatte. Da bin ich eben nochmal hingefahren."

„Um was zu tun, Herr Göpfert?"

„Keine Ahnung, vielleicht wollt ich ihm bei günstiger Gelegenheit doch nochmal eine aufs Maul hauen. Ich weiß nicht, was mich da geritten hat. Aber – und des müssen Sie mir glauben – es ist nichts mehr passiert. Ich hatte ihn beobachtet und gesehen, wie er wieder in diese Bar ging. Als er so etwa zwei Stunden später wieder rausgekommen ist, bin ich ihm gefolgt. Hab ihn dann allerdings verloren und musste letztlich unverrichteter Dinge abbrechen – Rückzug!"

„Wie verloren, Herr Göpfert?"

„Naja, er hat nach etwa einem Kilometer stadtauswärts auf die linke Gehwegseite gewechselt. Ich blieb mit Abstand auf dem rechten Gehweg. Dann ist er hinter ein paar Fahrzeugen, so Lieferwagen, Sprinter und Camper, die dort auf dem Parkstreifen stadteinwärts abgestellt waren, meinem Blick entschwunden. Er hätte, wäre er normal weitergegangen, nach den Fahrzeugen wieder auftauchen müssen. Ist er aber nicht. Ich dachte, er wäre in eine Seitenstraße abgebogen. Dann eben, wie gesagt: Rückzug."

„Wo waren Sie denn am Sonntag vor einer Woche, insbesondere am Abend?"

„Lassen Sie mich überlegen. Das war das zweite Wochenende, nachdem ich von der Affäre wusste. Da war ich am Nachmittag bis in den späten Abend bei meinen Fischweihern. Am Abend könnte der Lärd, also der Leonhard Gruber noch da gewesen sein, um mit mir ein Bier zu trinken. Irgendwann vor Mitternacht bin ich dann heim. Ich weiß nicht, ob mich meine Frau noch gehört hat. Wir schlafen seit Kurzem getrennt. Ja, und am Montag, also heut vor einer Woche, hatte ich ab 8 Uhr wieder Dienst in Roth."

„Und des solln wir Ihnen glauben, Herr Göpfert? Sie hatten ein starkes Motiv. Sie haben den Ermordeten vorher körperlich attackiert, und Sie waren am Tag seines Verschwindens vor Ort. Für den Sonntagabend, an dem seine Leiche im Brombachsee entsorgt wurde, präsentieren Sie uns ein windelweiches Alibi."

„Hallo, ich wusste nicht, dass ich ein Alibi brauche."

„Also gut, Herr Göpfert, wir werden das überprüfen. Jetzt gehen Sie mit dem Kollegen Rager zum Erkennungsdienst und lassen sich Fingerabdrücke und eine DNA-Probe nehmen. Danach sprechen wir uns wieder."

Mit einem Nicken stand Göpfert auf und trottete hinter Günter Rager aus dem Vernehmungsraum. Tom zog die Vorhänge auf und öffnete die Fenster. Als er auf den Flur hinaustrat bemerkte er, dass Dieter Härpfer und die Staatsanwältin ihn über die Monitore im Technikraum nebenan bei der Vernehmung beobachtet hatten.

„Kann, muss aber nicht!", meinte die Staatsanwältin und brachte damit den Tatverdacht auf den Punkt.

„Ich hätts net schöner sagen können, Frau Reiter-Lösslein", bestätigte sie Tom mit einem verkniffenen Gesicht. „Einerseits klingt des alles sehr plausibel, aber auch fast a bissl zu glatt. Ausserdem steckte in dem Mann eine wahnsinnige Wut. Der war in Afghanistan, da gehts etz auch net grad zimperlich zu. Also zuzutrauen wärs ihm allemal. Und dass er sich relativ kooperativ gibt, muss auch nichts bedeuten."

„Na gut, dann lass ich mal das Alibi checken und informier mich, wie die Durchsuchung im Hause Göpfert läuft, und ob die Spusi im Pick-up was gefunden hat", erläuterte Härpfer seinen sich selbst erteilten Arbeitsauftrag.

„Sag den Durchsuchungskräften, dass die auf keinen Fall die Hütte und die Umgebung an der Weiheranlage vergessen dürfen!"

„Ja, schon klar! Geht doch schon mal in den Sozialraum und lasst euch was zum Trinken geben. Ich komm gleich nach."

Eine knappe Stunde danach, in der sich Tom vorzüglich mit Frau Reiter-Lösslein unterhalten hatte und sie beide ins Schwärmen über Rom und die italienische Küche gekommen waren, gesellte sich auch Härpfer wieder zu ihnen. Während er sich Kaffee einschenkte, entschuldigte er sich, dass es nun doch etwas länger gedauert habe. Im gleichen Moment reichte ein junger Beamter im weißen Spurensicherungsoverall den Schlüssel des Pick-ups herein.

„Pick-up steht steht vorm Haupteingang. Der Boerne hat dir schon Bescheid gesagt, Dieter?", vergewisserte er sich.

„Ja, danke, bin informiert."

Dann begann Härpfer, das vorläufige Ergebnis der bisherigen Maßnahmen zusammenzufassen. Nachdenklich hörte Frau Reiter-Lösslein zu und machte sich kurze Notizen, um als Resümee festzustellen:

„Das reicht nicht, meine Herren. Ich habe heute, bevor ich zu Ihnen gekommen bin, schon mal mit dem Ermittlungsrichter gesprochen und etwas ausgelotet. Das, was wir bis jetzt haben, wird ihm für einen Haftbefehl gegen Göpfert nicht ausreichen. Nachdem wir weder bei der Hausdurchsuchung noch am Pick-up irgendetwas Tatrelevantes gefunden haben, bleibt es bei den bekannten Indizien. Wir haben ja noch die Hoffnung auf das Ergebnis des DNA-Vergleiches mit der einen Spur an der Folie. Bis dahin bleibt er jetzt erst mal auf freiem Fuß."

Trotz der vorherrschenden Enttäuschung behielt Tom seinen Optimismus auf einen eindeutigen Beweis, mit dem Göpfert überführt werden könnte. Auf den Anruf von Boerne hin, dass dieser mit den erkennungsdienstlichen Maßnahmen fertig sei, bot sich Tom an, Göpfert abzuholen, zu informieren und hinauszubegleiten. Vom Erkennungsdienst führte er Göpfert an den verglasten Eingangsbereich, wo ihm die mollige Empfangsdame freundlich zuwinkte, während sie die Eingangstür, die einen Summton von sich gab, öffnete.

Tom beobachtete Göpfert, wie er sich in seinen Pick-up schwang, mit einem röhrenden Motorengeräusch davonbrauste und dabei dem schwarzen Sportflitzer, der aus dem Parkplatz der benachbarten Berufsschule einbiegen wollte, die Vorfahrt nahm.

Kopfschüttelnd und nachdenklich ging er zurück ins Gebäude.

Welch ein idyllisches Bild. Biggi und die Jungs saßen fröhlich plaudernd auf der Terrasse und waren wohl gerade mit ihrem Abendessen fertig geworden.

„Hi Schatz, die Jungs ham die ganze Wurst zamgeputzt. Magst Caprese? Ich hab schon reife Tomaten im Gewächshaus und Mozzarella ist auch da."

Gerne nahm Tom das Angebot an. Schnell frisch gemacht, setzte er sich in Turnhose und T-Shirt zu seinen Söhnen. Die gute Laune der beiden und ihre witzige Unterhaltung steckten ihn regelrecht an. Langsam wich die Anspannung des Tages. Nach dem Abendessen unternahm er mit Biggi noch einen Stadtspaziergang. Gemütlich schlenderten sie an der Stadtmauer entlang, um den Stadtweiher herum Richtung Innenstadt. Unwillkürlich hielt er am Weiher Ausschau nach Wasserratzen, konnte aber keine entdecken. Vorbei am Münster und dem Wolfram-von-Eschenbach-Denkmal schlenderten sie zwischen den malerischen Fachwerkhäusern zurück in ihre Wohnsiedlung.

Als sie sich am Gartenteich noch ein Glas Wein gönnten, begann Biggi, ihm ins Gewissen zu reden: „Versuch bitte, a bissl weniger zu arbeiten, Tom! Du merkst gar nimmer, wie du permanent unter Strom stehst. Weißt, ich empfind es halt so und ich mein es nur gut mit dir."

„Ja, ich weiß schon, aber was soll ich machen? Es is net so leicht, sich einfach rauszunehmen. Und wenn ich dann schon mal ein Wochenende daheim bin, dann hast du ja auch immer eine Beschäftigung für mich, so dass ich mich net wirklich ausruhen kann."

„Oh, eine Runde Mitleid, mein armer Schatz. Ich mag etz keine schweren Gespräche und gegenseitigen Vorwürfe mehr. Komm, lass uns ins Bett gehen."

Während Tom sich die Zähne putzte, klingelte sein Handy. Eilig spuckte er aus.

„Zefix, wos is etz scho wieder? Ja, Hoffmann, ah, Joe du bist es. Was gibts?"

„Tom, ich glaub es pressiert. Die Toni is mit dem Grillo beim Abendessen. Sie konnte mich nur ganz kurz informieren. Aber es is a junger Italiener bei ihnen am Tisch aufgetaucht, und sie hat mitgehört, dass der wohl die Kripo in Ansbach beobachtet hat. Dort hat er den Pick-up und den Mann von der Elli gesehen, der den Donato angegriffen hat. Er hat ihn wohl verfolgt und weiß jetzt, wo er wohnt. Die glauben, dass der den Gennaro umgebracht hat und dass die Polizei nur nix beweisen kann. Der Junge soll den Grillo nachher abholen, dann wollen sie den „Pick-up-Mann" aufmischen und ein Geständnis aus ihm herausprügeln. Der fährt, soweit sie es sehen konnte, einen schwarzen Fiat Spider mit Fürther Kennzeichen. Die Toni sagt, der Grillo ist total aufgedreht, weil er glaubt, wenn er den Mörder von Don Gennaro zur Strecke bringt, dann wird er Boss in Franken."

„Ach du Scheiße, des is ja wieder ganz toll. Pass auf, schick du bitte eine Zivilstreife der Inspektion Roth zu den Göpferts nach Abenberg. Ich komm auch gleich hin. Wir sind am schnellsten dort. Und dann alarmierst du eine Gruppe SEK. Die sollen verdeckt anrücken und mich anrufen, bevor sie eintreffen. Okay?"

„Ja, geht klar Tom – mach ich. Viel Glück!"

„Sorry Schatz, ich muss nochmal weg." Ohne eine Reaktion oder Antwort von Biggi abzuwarten, schlüpfte Tom rasch in Jeans und Polohemd, holte seine Waffe aus dem Tresor und warf sich eine leichte Softshelljacke über. Kurze Zeit später parkte er nach rasender Fahrt in einer Seitenstraße von Göpferts Anwesen ein. Aufmerksam näherte er sich der Einfahrt, konnte jedoch nichts Außergewöhnliches feststellen. Big Ben ertönte, und Wolfgang Göpfert öffnete mit erschrockenem Gesicht.

„Hallo Herr Göpfert, kann ich bitte reinkommen?"

„Was wollen Sie denn schon wieder? Hat des heut noch nicht gereicht?"

„Tut mir leid, aber ich befürchte, Sie sind in Gefahr, Herr Göpfert. Leute aus dem Umfeld von Donato glauben, dass Sie sein Mörder wären, und diese Herrschaften wollen Sie heute noch besuchen kommen. Und sollten Sie es tatsächlich nicht gewusst haben: Das sind Leute der Mafia. Mit denen ist nicht zu spaßen!"

Völlig perplex stand Göpfert wie versteinert da. „Hast du das gewusst, Elli, dass dein Lover ein Mafioso war?"

Tom beschwichtigte die aufkeimende Aggression zwischen den Eheleuten und forderte, sich auf die anstehende Situation zu konzentrieren. Nachdem Göpfert nicht bereit war, sein Haus zu verlassen, bugsierte Tom die Eheleute in das Dachgeschoss, wo er ihnen befahl, sich ruhig zu verhalten und das Licht ausgeschaltet zu lassen. Mit den nächsten Glockenschlägen von Big Ben erschienen zwei gestandene Polizeibeamte der Inspektion Roth, die über ihre Uniform zivile Blousons gezogen hatten. In knappen Worten schilderte Tom ihnen den Ernst der Lage. Dann verteilten sie sich so im dunklen Haus, dass sie rundum alles im Blick hatten. Auch Göpfert wurde von Tom beauftragt, die Beobachtung zu unterstützen. Während Tom an seinem vibrierenden Handy den Anruf des SEK-Gruppenführers entgegennahm, rief Göpfert halblaut mit militärischer Professionalität von oben herab: „Zielfahrzeug, schwarzer Fiat Spider mit Fürther Kennzeichen, fährt bereits zum zweiten Mal am Haus vorbei!“

Nachdem mit dem Eintreffen des SEK erst in etwa einer Viertelstunde zu rechnen war, blieben sie zunächst auf sich selbst gestellt. Angespannt beobachteten sie die nur mit Straßenlaternen beleuchtete Umgebung des Anwesens. Minute um Minute verging, ohne dass sich etwas tat. Dann plötzlich meldete einer der beiden Polizisten zwei Gestalten im Garten.

„Ruhig bleiben, abwarten!“, befahl Tom.

Nur ein kaum hörbares Geräusch verriet, dass sich die Personen dem Kellerfenster näherten.

Einen der Beamten anstupsend forderte Tom auf: „Komm, wir gehen in den Keller – Empfangskomitee!“ Im Flüsterton informierte er den SEK-Führer telefonisch über die Situation.

Im stockfinsteren Kellerraum hörten sie das Kratzen, welches ein Werkzeug beim Zerschneiden der Fensterscheibe verursachte. Gleich darauf wurde ein rundes Stück der Scheibe mit einem Saugnapf nach außen weggezogen. Eine Hand in schwarzen Lederhandschuhen griff nach innen und öffnete den Drehgriff. Der Fensterflügel schwang auf, und eine Gestalt stieg über den Sims in den Raum.

„Zugriff!“, schrie eine laute Stimme im Garten. Tom knipste das Licht an und überwältigte den völlig überraschten Einbrecher, so dass er auf dem Bauch zum Liegen kam. Der Kollege bog ihm die Arme auf den Rücken und legte Handschellen an.

Unfreiwillig komisch schaute Grillo, so auf dem Bauch liegend, nach oben zu Tom: „Commissario Hoffmann, was machen Sie denn hier?"

Im Garten vor dem Fenster hatten die SEKler den zweiten Eindringling überwältigt. Die körperliche Durchsuchung förderte bei jedem der beiden eine geladene Pistole der italienischen Marke Beretta und bei dem jungen Begleiter Grillos zusätzlich noch einen Baseballschläger zutage.

Nachdem Tom den beiden die vorläufige Festnahme erklärt hatte, bat er die Beamten der PI Roth, die Herrschaften abzutransportieren und ihnen ein Nachtquartier in Form einer gemütlichen Haftzelle zu bieten.

„Mensch Tom, alter Sauhund; des hommer ja sauber hingekriegt!" Zufrieden grinsend klopfte der Gruppenführer des SEK Tom auf die Schultern.

„Des kannst laut sagen, Ben – hätt net recht viel später sein dürfen – hat auf die Sekunde genau gepasst! Sakrischen Dank, deinen Jungs und dir!"

„Nix zu danken – hat leicht sei könna! Immer wieder gerne für dich!"

Schwätzend zogen die mit Schutzwesten und Helm aufgerüsteten SEKler durch den dunklen Garten ab.

Auf dem Ehebett sitzend hatte Wolfgang Göpfert seine Elli in den Arm genommen. Fragend blickten sie Tom an, als dieser in ihr Schlafzimmer trat.

„Alles vorbei – alles gut! Die zwei Herren sind aus dem Umfeld von Gennaro Donato. So wie die ausgerüstet waren, wäre des ned grad glimpflich für Sie abgelaufen, Herr Göpfert. Aber jetzt sind die erst mal weggesperrt."

„Sie ham vorhin was von Mafia gesagt, Herr Hoffmann. Wollen Sie wirklich behaupten, dass Gennaro zur Mafia gehört, äh gehört hat?", wollte Elli Göpfert wissen.

„Ja, is leider so, Frau Göpfert."

Kopfschüttelnd klammerte sie sich noch mehr an ihren Mann.

Mit den besten Wünschen für eine doch noch geruhsame Nacht überließ Tom die beiden ihrer Zweisamkeit und machte sich auf den Weg nach Hause.

Schon am frühen Morgen, als Tom nach wenigen Stunden Schlaf auf dem Weg zur Kripo nach Ansbach war, meldete sich Joe, um sich zu erkundigen, wie es in der Nacht gelaufen sei. Beide waren sich einig, dass die Vorwürfe gegen Grillo und seinen jungen Begleiter wohl kaum ausreichen würden, um die Herren in Haft zu bringen.

„Umso mehr musst du bitte dafür sorgen Tom, dass der Grillo nicht die Toni verdächtigt, seine Aktion verraten zu haben", bat Joe eindringlich.

„Du hast leicht reden, Joe. Wie soll ich des machen? Außer dem Jungen dürfte kaum jemand von der Aktion gewusst haben. Und dass unser Empfangskomitee im Hause Göpfert kein Zufall war, ist dem heute Nacht auch klargeworden."

„Bitte, dir fällt schon was ein. Ich lass die Toni jetzt aber dann nur noch mit ihm telefonieren. Sie soll erst mal ausloten, wie er drauf ist und ob er Sie verdächtigt." Deutlich war Joe anzumerken, wie sehr ihm das Wohl von Toni am Herzen lag.

Nach der allmorgendlichen Lagerunde und einem Telefonat mit der Staatsanwältin wegen eines Durchsuchungsbeschlusses für die Wohnungen von Grillo und seinem Begleiter machten sich Tom und Günter auf den Weg zur Polizeiinspektion nach Roth. Dort empfing sie der Dienstgruppenleiter mit der Bemerkung, dass seine beiden Übernachtungsgäste bereits Besuch von ihren Rechtsanwälten hätten. Für die Vernehmung der Probanden bot er ihnen einen Raum an, welcher offensichtlich in erster Linie als Aktenraum diente: Die Wände waren rundum mit Aktenschränken zugestellt. In ihnen standen, nach den Beschriftungen auf den Ordnerrücken zu urteilen, scheinbar alle Vorgänge der Dienststelle der letzten zehn Jahre. In der Mitte des Zimmers standen ein einfacher Besprechungstisch aus Holz und vier ausgemusterte Schreibtischstühle. Kaum dass Tom und Günter in dieser erdrückenden Atmosphäre Platz genommen hatten, brachte ein Beamter Carmine Grillo herein. Angesichts der vergangenen Nacht wirkte dieser überraschend frisch und gepflegt. Unmittelbar hinter ihm trat sein Rechtsanwalt, der sich als „Dr. Croner, mit C!" vorstellte, ein. Tom belehrte Grillo über seine Rechte, und dass er als Beschuldigter zum Tatvorwurf, Verstoß gegen das Waffengesetz und Hausfriedensbruch, vernommen werden sollte.

Spontan äußerte Grillo: „Commissario Hoffmann, ich wollte doch nur die Elli, Don Gennaros Freundin besuchen und sie a bissele trösten!"

„Ja klar, mitten in der Nacht, mit einer Pistole im Hosenbund und durch den Keller. Das ich net lach. Haltens uns bitte nicht für blöd", raunzte Tom zurück.

„Meine Herren, bitte!", schaltete sich Dr. Croner ein. Er wirkte im grauen Anzug, mit weißem Hemd und Krawatte sehr seriös; ein Eindruck, welchen seine langen, gegelten, streng nach hinten gekämmten Haare allerdings wieder wett machten.

„Wir können das Procedere hier sehr schnell beenden. Mein Mandant macht keine Angaben zur Sache. Wenn Sie das bitte so ins Protokoll nehmen würden, Herr Hoffmann. Wenn sonst nichts mehr ist, dann würden Herr Grillo und ich jetzt gerne gehen."

„Doch – eine Kleinigkeit wäre da schon noch. Die Staatsanwaltschaft wird wohl zunächst keinen Haftbefehl gegen Herrn Grillo, aber einen Durchsuchungsbeschluss für seine Wohnung beantragen, welchen wir noch vollziehen möchten. Das heißt, dass Herr Grillo noch warten muss, bis wir mit seinem Begleiter fertig sind. Dann fahren wir zur Durchsuchung, und erst, wenn diese nichts Neues ergibt, kann Herr Grillo gehen."

„Na gut, Herr Hoffmann. Wir warten draußen im Vorraum. In die Zelle geht mein Mandant jetzt nicht mehr – schon klar!"

Auch die Vernehmung des jungen Italieners, der mit Grillo bei der nächtlichen Aktion festgenommen wurde, blieb im Versuch stecken. Dessen Anwalt verbot ihm ebenfalls, auszusagen. Vor der Fahrt zu den Wohnungen der beiden zeigte Tom den Rechtsanwälten die mittlerweile per Mail eingegangenen Durchsuchungsbeschlüsse. Während der Absprache, dass der junge Italiener seinen Fiat Spider nur in Begleitung von Günter Rager nach Nürnberg steuern dürfe, stellte Dr. Croner unvermittelt die Frage, auf welche Tom insgeheim gehofft hatte:

„Wie sind Sie denn heute Nacht überhaupt dazu gekommen, unseren Mandanten im Haus dieser Elli aufzulauern und sie festzunehmen?"

„Herr Dr. Croner, Sie wissen doch, dass wir die Fragen stellen. Aber es ist, weiß Gott kein großes Geheimnis: Wenn der junge Mann mit seinem auffälligen Sportwagen vor der Kripo in Ansbach rumlungert und dann auch noch den tatverdächtigen Ehemann der Elli verfolgt, mussten wir nur noch zwei und zwei zusammenzählen." Mit einem lässigen Schulterzucken ergänzte er: „Und wir haben uns nicht verzählt!"

Während der Fahrt nach Nürnberg beruhigte Günter Tom: „Hundert pro, des hat der gfressen. Des wor echt cool, wie du ihm des schnell hingrieben hast. Des is doch auch total plausibel!"

Die Durchsuchung von Grillos Wohnung im Erdgeschoß des Hochhauses in Langwasser, direkt gegenüber seines Immobilienverwaltungsbüros, blieb ohne Erfolg. Lediglich die leere Schachtel der Patronen für die Beretta fand sich noch in einer Schublade. Ebenso erging es ihnen in dem kleinen Einzimmerappartement des Spiderfahrers in Gostenhof. Für Tom und Günter war dies aber keine Enttäuschung. Sie hatten von Haus aus nicht damit gerechnet, dass diese Herren irgendetwas Verfängliches zu Hause in ihren Wohnungen aufbewahren würden. Bei der Verabschiedung redeten sie Carmine Grillo nochmal kräftig ins Gewissen, künftig die Elli und ihren Mann in Ruhe zu lassen.

Mit einer Bäckertüte in der Hand gingen sie in der OK-Dienststelle direkt in Joes Büro. „Servus, alte Wursthaut!", begrüßte Günter den Kollegen.

„Ja, du mich auch!", bluffte Joe zurück. Seine Anspannung war ihm deutlich anzumerken. Auf seine Frage, wie es denn mit Grillo und seinem Begleiter gelaufen sei, schilderte Tom ihm den Ablauf des Vormittags.

„Meinst, dass die dir die Spiderstory abgenommen haben?", fragte er beunruhigt.

„Ja, ich denk schon, der Günter meint es auch."

„Ich hab jetzt vorsichtshalber ein Team vom Personenschutz zur Toni ins Hotel geschickt. Heut Abend übernimmt dann eine Ablösung. Sie hat dem Grillo ja schon, wie geplant, von Anfang an gesagt, dass sie nur eine Woche hier sein soll und übermorgen nach München zurück muss. Mit der Begründung, dass sie heute und morgen noch a bissle shoppen gehen möchte, hat sie sich gestern auch schon von ihm verabschiedet. Ich will sie jetzt bloß nicht früher abreisen lassen, damit es nicht nach Flucht aussieht und er dann doch noch Verdacht schöpft. Ach ja, dass ich es nicht vergesse: Ich hab noch eine neue Info für euch. Angeblich hatte der Donato bis etwa vor einem Jahr schon mal ein außereheliches Gspusi. Das muss wohl, so hat es der Grillo gestern der Toni erzählt, über ein Jahr gegangen sein. Der Donato soll sogar mit dem Gedanken gespielt haben, seine Frau zu verlassen. Pro forma hatte er seine Freundin in der Immobilienverwaltung bei Grillo als Sekretärin angemeldet. Nachdem die Toni den Namen nur phonetisch von Grillo gehört hat, hab ich schon mal recherchiert. Demnach dürfte es sich um eine Marie Wägener aus Ansbach handeln, die seit einem halben Jahr in Dinkelsbühl wohnt. Name und Adresse hab ich euch aufgeschrieben. Polizeiliche Erkenntnisse gibts nicht zu ihr."

„Super, noch eine Freundin und auch noch aus der Vergangenheit", kommentierte Tom und zeigte den Daumen hoch.

„Ich sags euch bloß. Ist doch eure Sache, was ihr …", mitten im Satz brach er ab, weil sein Handy klingelte. „Des is die Toni! Hallo, ja Toni, alles klar bei dir? – Hm – hm! Gut, das ist gut! Ja – okay! Dann lassen wir es dabei, dass du übermorgen auscheckst! Die Nummer vom Matthias Wagner hast du ja – der kümmert sich die nächsten Tage. Dann schau mer mal, wann du wieder andocken kannst. Alles klar, wir telefonieren später nochmal, ich hab grad eine Besprechung. Ciao Toni!"

„Buh, etz bin ich a bissl beruhigter. Des war die Toni. Der Grillo hatte sie vorhin angerufen und sich für den schönen Abend gestern bedankt. Er hat ihr sogar erzählt, dass er Stress mit den Bullen hatte. Sie glaubt nicht, dass er sie verdächtigt, weiß es aber nicht sicher, weil der immer scheißfreundlich ist."

„Baggert der die eigentlich an?", wollte Günter wissen.

„Nö, des is, wie die Toni sagt, so eine ‚Kumpelbeziehung'; so als hätte sich seit ihrer Jugend in Salerno nichts verändert."

„Und du?", fragte Günter ungeniert weiter. „Baggerst du sie an?"

„Des geht dich fei gor nix an, mein lieber Freund! Hast mi?"

Die Morgenbesprechung der „Soko Hafen" war nach über einer Woche zur Routine geworden. Dieter Härpfer moderierte und legte Wert darauf, dass alle „den gleichen Stand haben". Systematisch berichteten die Ermittlungsteams über ihre abgearbeiteten Spuren. Die eine, ersehnte „heiße Spur" war aber noch nicht dabei. Heiner Schulz berichtete, dass er das Handy von Donatos Söhnchen beschlagnahmt und ausgewertet habe und die Standortdaten für die relevanten Zeiten seine Angaben, zu Hause in seiner Bude in Erlangen gewesen zu sein, bestätigt hätten. Boerne Tomaschek konnte noch kein Ergebnis des DNA-Vergleichs von Göpfert mit der Spur an der Verpackungsfolie vermelden. Doro Meier bat um Unterstützung. Sie war bei einem Zeugen, der sich nach der Veröffentlichung des Falls gemeldet hatte: Ein Segler, der in der besagten Nacht auf seinem Boot im Ramsberger Hafen übernachtet hatte. Diesem war nach Mitternacht ein Anglerboot mit Elektromotor aufgefallen, welches vom See in den Hafen zum Takelkran gefahren sei. Das Boot sei mit einem Mann mit Hut besetzt gewesen. Was der am Takelkran gemacht hat, konnte der Zeuge aber nicht sehen. Circa eine halbe Stunde später sei das Boot wieder aus dem Hafen rausgefahren. Auffällig wäre gewesen, dass auf der rechten Seite unter der Zulassungsnummer, die er sich natürlich nicht gemerkt habe, ein komisches Zeichen aufgemalt war. Dieses hätte wie ein rechts offenes Quadrat ausgesehen, in welches was reingekritzelt war. Vermutlich, soweit das für ihn im Dunkeln erkennbar war, dürfte das Zeichen grün gewesen sein.

Nun, so Doro, habe sie sich vom Landratsamt alle Zulassungen von Anglerbooten geben lassen. Diese Liste der Halter, es seien mehrere Dutzende, müssten nun überprüft werden. Also Personalien und Adresse recherchieren, dann schauen, ob einer dieser Herrschaften schon mal straffällig geworden ist und schlussendlich jeden einzelnen besuchen, nach seinem Alibi befragen und das Boot mit dem auffälligen Zeichen finden.

Härpfer wählte einige Beamte der Soko aus, teilte sie Doro Meier zur Unterstützung zu und ordnete an, dass zuerst die vorbestraften Bootshalter überprüft werden sollten.

Bei einem Kaffee im Büro von Dieter Härpfer berichteten Tom und Günter anschließend den aktuellen Stand des VP-Einsatzes, den sie nach wie vor in der großen Runde nicht offenbart hatten.

„Wir würden dann mal dieser Marie Wägener in Dinkelsbühl einen Besuch abstatten“, erklärte Tom, um die anderen über seinen Plan für den Tag zu informieren.

„Versprecht ihr euch denn davon was – wenn die schon seit einem Jahr von Donato getrennt ist?“, hinterfragte Härpfer.

„Keine Ahnung – aber solange wir nix Besseres haben. Wer

weiß, vielleicht hat diese Freundin ja auch was mit Donatos Ristorante in Dinkelsbühl zu tun?"

Das Navi lotste sie durch die historische Altstadt von Dinkelsbühl zur notierten Adresse in einem schmalen Gässchen. Ein bezauberndes Sandsteinhäuschen mit rotem Ziegeldach war dort unmittelbar an die alte Stadtmauer angebaut. Über zwei Treppenstufen ging Tom zur hölzernen, schweren Haustür, um zu klingeln. „Dr. S.Bieler" und „M. Wägener" war auf dem Klingelschild zu lesen. Doch es blieb still. Günter ging um das Gebäude herum zu einem schmiedeeisernen Gartentor, welches aber ebenfalls versperrt war. Etwas über das Gartentürchen vorgebeugt, blickte er in den verwachsenen Garten. An der alten Stadtmauer rankten sich Efeu und Kletterrosen hoch. In einer Ecke stand ein kleines, rundes, schmiedeeisernes Tischchen mit drei passenden Stühlen dazu. Auf einer kleinen Rasenfläche in der Mitte des Gartens war eine Art Pavillon aufgebaut. Vier massive Balken trugen ein Dach, von welchem starke Seile eine freischwingende hölzerne Liegefläche einen knappen halben Meter über dem Boden hielten. Weiße, durchsichtige Vorhänge waren elegant um die Balken drapiert und die Liegefläche mit Polstern und Kissen ausgelegt. Personen konnten sie aber nicht entdecken.

„Wie im Dornröschenschloss is des hier!", stellte Günter bewundernd fest.

„Ja, sehr idyllisch, aber bestimmt auch net leicht zu erhalten, bei all den Denkmalschutzvorschriften, die es heutzutage gibt."

„Kann man Ihnen helfen, meine Herrn?", fragte eine über das Fenstersims des gegenüberliegenden Hauses gebeugte ältere Dame mit roten Backen und grauen, hochgesteckten Haaren.

„Ja schon! Wir suchen die Frau Wägener?", erwiderte Tom.

„Ach, die", begann die Alte mit verächtlichem Unterton in der Stimme „keine Ahnung, wo die is oder wos die macht. Die is ja erst seit am halben Johr do. Aber den Herrn Dr. Bieler", schlagartig hatte sich ihre Stimme in ein wohlwollendes Säuseln verändert, „finden Sie an der Hochschule in Triesdorf. Der Samuel is dort Dozent! A ganz a Netter und immer so hilfsbereit!"

„Den kennen Sie wohl schon länger?"

„Ja klor, schon als Kind. Des is ja sein Elternhaus. Der is hier gegenüber von uns aufgewachsen, und seit seine Mutter vor gut fünf Johr gstorben is, hat er des Häusla wieder su schee hergerichtet und wohnt seither a wieder fest do. Seit am halben Johr is er etz mit dera Schiggsn zam."

„Besten Dank und an schönen Tag noch!", unterbrach Tom ihren Redefluss.

Mit Hilfe des Navis steuerte Günter den BMW über Landstraßen und durch fränkische Dörfer nach Triesdorf. Erstaunt und etwas verwirrt darüber, dass es in diesem Dörfchen nicht nur eine Hochschule, sondern darüber hinaus auch noch eine Landwirtschaftliche Lehranstalt, eine Fach- und Berufsoberschule sowie eine staatliche Fachakademie gibt, parkten sie vor dem Eingangsbereich der Hochschule. Auf die Frage nach Dr. Bieler durchsuchte eine freundliche Dame hinter dem Tresen in ihrem Computer offensichtlich Lehrpläne und erklärte ihnen dann den Weg über verschiedene Stockwerke und Flure zu einem Hörsaal, in welchem er gerade dozieren dürfte. „Aber bitte nicht die Vorlesung stören!", ermahnte sie die Empfangsdame mit erhobenem Zeigefinger.

Leise öffneten sie einen Flügel der zweiflügeligen Holztür, als sie den bezeichneten Hörsaal gefunden hatten. Ihr Blick fiel von oben über halbrunde Sitzreihen hinab zu einem breiten Dozententisch. Das Auditorium war gut besetzt und nur spärlich beleuchtet. Umso heller war die große Videowand über dem Kopf des Dozenten. Dieser saß lässig und etwas schräg auf der Kante des Tisches, hielt einen Laserpointer in der Hand und hatte ein Mikrofon an der Knopfleiste seines Polohemdes angesteckt. Der hochgewachsene, schlanke Mann mit Brille sprach mit einer angenehmen sonoren Stimme:

„Meine Lieben, ich begrüße Sie zur Einführungsvorlesung zum Thema: Klima und Wetter! Für Sie als angehende Umweltingenieure ein fundamentales Wissensfeld! Lassen sie mich Ihnen eine kleine Vorschau geben, was Sie im kommenden Semester erwartet: Wie entsteht Wetter, bei uns und weltweit? Welche Wetterphänomene kennen wir, wie entstehen sie und welche Folgen bringen sie mit sich? Also zum Beispiel längere, heiße Dürrephasen, wie die Dürrejahre 2018, 2019. Vielleicht wird das ja heuer auch wieder so ein Jahr – alle Anzeichen sprechen dafür. Konträr dazu Starkregen und Überflutungen. Dann werden wir uns mit der Frage beschäftigen, worin der Unterschied zwischen Wetter und Klima besteht. Wir studieren den aktuellen Klimaschutz-Index und den Klima-Risiko-Index.

Es ist übrigens nicht verboten, Herrschaften, diese beiden Indizes sich schon mal aus dem Netz zu fischen und etwas darin zu schmökern! Gerne dürfen Sie auch schon mal einen Blick in den Waldzustandsbericht werfen. Der Wald ist unser größter, natürlicher CO2-Speicher, und sein Zustand ist von erheblicher Bedeutung. Durch diese Lektüren öffnet sich für uns der Horizont zu den Bereichen Energieverbrauch, Treibhausgas-Emissionen, erneuerbare Energie und schlussendlich Klimapolitik. Ich muss Sie aber warnen, die Ergebnisse könnten traumatisierend wirken. Denn achtzig Prozent unseres monströsen Energieverbrauches gewinnen wir immer noch durch Verbrennung fossiler Brennstoffe. Unser aktueller Kohlendioxidausstoß ist vergleichbar mit der Situation auf der Erde vor 3 Millionen Jahren, als Vulkanausbrüche einen ähnlich hohen CO2-Wert verursacht haben, was zu einem gigantischen Artensterben führte. Wir werden also nicht nur darüber sprechen müssen, welche Folgen der Klimawandel mit sich bringt, sondern vielmehr auch darüber, wie und mit welchen Maßnahmen wir etwas verbessern können.

Und da, meine Lieben, fangen wir direkt bei uns selbst an und fassen uns mal an die eigene Nase. Wie sieht mein ökologischer

Fußabdruck, also mein Reiseverhalten, mein Individualverkehr, mein Fleischverbrauch, und und und aus. Erst wenn wir uns das vor Augen geführt haben, fallen wir à la Fridays for future mit ein in den Chor, den wir sonst so laut hören: Die müssten doch, da müsste man doch!"

„Ich warte draußen, bis die Vorlesung zu Ende ist", flüsterte Günter Tom ins Ohr, der zustimmend nickte und sitzen blieb.

Geraume Zeit später nahm Dr. Bieler das beifällige Klopfen seiner Studenten zum Ende der Vorlesung mit einer lässigen Geste und einem dankbaren Lächeln gerne an.

Inmitten der Geräuschkulisse und des Stimmengewirrs verständigten sich Tom und Günter, zu Dr. Bieler an dessen Pult hinabzusteigen. Dort hingen noch drei Studentinnen an seinen Lippen, deren Fragen er beantwortete. Ohne Zweifel war ihm seine Wirkung auf das weibliche Geschlecht bewusst. Durch seine stattliche Größe blickte er etwas gebeugt auf die Mädchen von oben herab und dozierte gerne im wohlwollenden Ton weiter. Erst als sich die Gruppe lachend und scherzend verabschiedet hatte, traten Tom und Günter näher.

„Grüß Gott, Herr Dr. Bieler. Hoffmann von der Kriminalpolizei. Mein Kollege Günter Rager. Könnten wir bitte kurz mit Ihnen sprechen?", eröffnete Tom das Gespräch.

„Ja selbstverständlich. Ich grüße Sie, meine Herren. Was verschafft mir denn die Ehre?"

„Wir hätten gerne mit Frau Wägener gesprochen, konnten sie aber zu Hause nicht antreffen. Könnten Sie uns bitte sagen, wo und wie wir sie erreichen können?"

„Aber selbstverständlich. So gegen 14 Uhr wird Marie wohl zu Hause sein. Sie arbeitet nur halbtags bei einem Hotelier in Dinkelsbühl. Selbst wenn sie noch was einkaufen geht, ist sie bis um zwei zu Hause.

Können Sie mir denn verraten, in welcher Angelegenheit Sie mit ihr sprechen möchten? Aber nein, das müssen Sie gar nicht.

Ich darf annehmen, dass es um den Mord an dem Italiener geht, mit dem sie mal liiert war – nicht wahr? Es wurde ja schon mehrmals in den Zeitungen, zuletzt sogar mit Foto von ihm, darüber berichtet. Wir haben sogar schon überlegt, ob sie sich bei der Polizei melden sollte, weil doch um sachdienliche Hinweise gebeten wurde. Da aber ihre Beziehung schon über ein Jahr zurückliegt und Marie seither auch keinen Kontakt mehr zu ihm hatte, haben wir keinen Sinn darin gesehen."

„Ja, Herr Dr. Bieler, darum geht es tatsächlich. Dann werden wir Frau Wägener heute noch zu Hause aufsuchen und bedanken uns bei Ihnen für die Auskunft. Übrigens: ein sehr interessanter Vortrag – hat sofort am eigenen Umweltbewusstsein gerüttelt", sagteTom zum Abschied.

„Danke schön, es freut mich, meine Herren, wenn ich helfen und Ihnen zudem gedankliche Anregung geben konnte. Der Klimawandel geht uns tatsächlich alle an!"

Auf dem Weg zum Auto bemerkte Günter bewundernd: „Der Hammer, der Mann! Der hat net bloß was in der Birne, der is auch noch echt sympathisch – irgendwie charismatisch!"

Wieder zurück in Dinkelsbühl nutzten sie die Gelegenheit, um den sommerlichen Flair der historischen Altstadt zu genießen. In der Nähe des Marktplatzes ließen sie sich im Außenbereich unter der Markise eines Restaurants nieder, bestellten sich jeweils eine Apfelschorle und blätterten durch die Speisekarte. Während Tom einen bunten Salatteller mit Putenbruststreifen wählte, entschied sich Günter wenig experimentierfreudig für ein Wiener Schnitzel mit Pommes. Im Gegensatz zu ihren üblichen Mittagspausen mit Döner, einem Sandwich oder einem Teilchen vom Bäcker stellte diese Einkehr eine echte Ausnahme dar. Entsprechend gut gelaunt war ihre Unterhaltung über dies und jenes. Die Möglichkeit, dabei auch noch Touristinnen zu beobachten, steigerte das

Vergnügen zusätzlich. Erst kurz vor zwei Uhr machten sie sich auf den Weg zu Dr. Bielers Haus.

„Sapperlot, de is vielleicht a Waggerla!", brach es aus Günter heraus, als er Marie Wägener die Gasse entlang auf das Häuschen zukommen sah. In einem dunkelblauen Minirock stakste sie auf High-Heels mit ihren scheinbar endlos langen, gebräunten Beinen ihnen entgegen. Eine weiße Bluse spannte sich über ihre perfekt gerundete Oberweite. Eine engelsgleiche, lange, blondgelockte Haarpracht umfing ihr makellos schönes Gesicht, welches nur dezent geschminkt war. Weiße Zähne blitzten hinter ihren roten Lippen auf, als sie lächelnd sagte: „Warten Sie auf mich, meine Herren? Gleich zwei so schnieke Exemplare! Was darf ich denn für Sie tun?"

„Hoffmann, mein Kollege Rager von der Kriminalpolizei. Hallo Frau Wägener, wir hätten Sie gerne gesprochen."

„Oh!", für einen kleinen Moment verlor sie ihre natürliche Fröhlichkeit. „Gehts um den Tod von Gennaro? Aber da wüsste ich nicht, wie ich Ihnen helfen könnte. Kommen Sie doch bitte mit ins Haus, sonst zerreißts die Müllerin dort drüben an ihrem Fenster vor Neugier." Eifrig nickend und lächelnd winkte ihnen die rotbackige Alte von Gegenüber, die die Begegnung beobachtet hatte, zu.

Marie Wägener ging durch einen schmalen Flur voran und lud sie ein, auf einem der Sessel im Wohnzimmer Platz zu nehmen. Während sie sich im Flur ihrer Schuhe entledigte, blickten sich Tom und Günter um. Ein ausgesprochen geschmackvoll eingerichtetes Wohnzimmer. Teure, gemütliche Sessel in einem dezenten rötlichen Farbton standen um einen großen runden Naturholztisch. Die alten bearbeiteten Sandsteinwände verbreiteten eine gediegene Atmosphäre im Raum. Eine Wand verschwand hinter einem deckenhohen Bücherregal. Eine Stehlampe hinter einem Ohrensessel und einem kleinen Tischchen, auf dem ein ganzer Stapel Bücher lag, verriet den Leseplatz. Die vorstellbare Dunkelheit des Zimmers in dem alten Häuschen wurde durch eine große, zum Garten hin gelegene Glaswand mit Schiebetür, die den Sonnenschein reflektierte, in Helligkeit verwandelt.

Barfuß kam Marie Wägener ins Zimmer und fragte: „Wollt ihr was trinken?"

Dankend lehnte Tom ab und bat sie, ihnen doch etwas von sich und ihrer Zeit mit Gennaro Donato zu erzählen.

„Nun, wo fang ich an? Meine Eltern hatten in Ansbach eine große Bäckerei. Sie wollten, dass ich was Seriöses lerne und so ging ich nach der Schule auf die Landesfinanzschule in Ansbach, um mal als Steuersekretärin im Finanzamt zu arbeiten.

Kurz vor der Abschlussprüfung bin ich dann aber rausgeflogen. Wir ham bloß eine kleine Party gefeiert und a bissle was geraucht. Dabei ham se uns halt erwischt. Keine große Sache, keine Polizei, aber zum Rausschmiss hat es halt leider gereicht. Ich hab dann über Jahre hinweg bei meinen Eltern in der Bäckerei gearbeitet und in anderen Geschäften, meist Freunde meines Vaters, die Buchhaltung und die Steuersachen erledigt. Nachdem ich ja eine ganz passable Figur habe und auch sonst net grad schlecht ausschau, hab ich nebenbei immer von einer Karriere als Model geträumt. Ich hab mich wirklich bei x Agenturen beworben, Fotos eingesandt und weiß der Teufel was unternommen, um da irgendwie reinzukommen. Aber außer ein paar Artikeln mit Obenohne-Fotos in so windigen Heftchen hat es leider nicht gereicht. ‚Die süße Bäckerin mit den großen Krapfen' waren die dazugehörigen obszönen Überschriften. Oder:" – dabei lachte sie hell auf – „‚Finanzbeamtin Marie: Muss sie für dieses Fahrgestell Steuern zahlen?' Wisst ihr, so in dieser Art. Irgendwann magst du dir dann so einen Scheiß nicht mehr antun. Ja, und vor gut zwei Jahren hab ich dann den Gennaro kennengelernt. Bis dahin hatte ich eigentlich nie eine echte dauerhafte Beziehung. Kennengelernt ham wir uns rein zufällig. Ich wollt für meine Mama ein italienisches Geburtstagsfest ausrichten, weil sie ein totaler Italienfan ist. Ich dachte, ich könnte in Nürnberg in einem italienischen Lebensmittelgroßmarkt einkaufen. Der Inhaber hat mir aber gesagt, dass er nur an italienische Geschäfte verkaufe. Da hat sich Gennaro, der das mitbekommen hat, eingeschaltet und, was soll ich sagen: Ich hab alles bekommen, was ich gebraucht habe.

Es wurde eine sagenhafte Geburtstagsfeier. Wir ham uns alle so Sechziger-Jahre-Klamotten angezogen, gepunktete Röcke und – na, ihr wisst schon. Der Gennaro war super charmant, hat mich zum Essen ausgeführt und mir Geschenke gemacht. Als wir dann einige Zeit zusammen waren, hat er mich pro forma in seiner Immobilienverwaltung als Steuersekretärin angestellt, mir ein Gehalt bezahlt und mir in Nürnberg eine Wohnung zur Verfügung gestellt.

Ich war dann sehr oft mit ihm auf Geschäftsreise in Rom, Mailand, einmal sogar in Amerika. Ich dachte, es wäre die ganz große Liebe. Er hat mir auch versprochen, dass er seine Frau verlassen werde. Aber Pfeifendeckel, nach einigem Hin und Her wollte ich einfach net bloß mehr nur die Geliebte sein. Nachdem für mich aber immer deutlicher wurde, dass er seine Frau nie verlassen würde, hab ich die Reißleine gezogen und mich von ihm getrennt."

„Wie ging das vonstatten?"

„Relativ problemlos. Zuerst hat er mich telefonisch noch a bissl bedrängt. Nachdem ich meine Handynummer gewechselt hatte, hat er mir noch eine Zeit lang unschöne Briefe an die Adresse in Ansbach geschrieben. Das hat dann aber auch bald aufgehört. Seitdem hab ich nix mehr von ihm gehört, bis – na ja, bis das jetzt in der Zeitung stand."

„Ham Sie denn mit Donatos Restaurant hier in Dinkelsbühl irgendwas zu tun?

„Nö, überhaupt nicht. Ich weiß wohl, dass Gennaro, beziehungsweise jetzt ein Neffe von ihm, hier ein Ristorante führt, hab aber nichts damit zu tun. Man kann dort sehr gut essen, sehr empfehlenswert!"

„Ist Ihnen denn nichts eingefallen, als Sie in der Zeitung von seiner Ermordung gelesen haben?"

„Nein, also echt, beim besten Willen nicht. Und glaubt mir, wenn ich euch da helfen könnt, würde ich es sofort tun. Ich hab den schon wirklich geliebt, den Gennaro."

„Der Altersunterschied hat für Sie dabei wohl keine Rolle gespielt. Der war ja doch einige Jahre älter als Sie."

„Nö, das hat keine Rolle gespielt. Ich mag reifere Männer. Der Samuel is ja auch einige Jahre älter als ich."

„Wie ham Sie denn den Dr. Bieler kennengelernt?"

„Vor einem dreiviertel Jahr in Ansbach. Ich war ja Single und damals mit meinen Eltern im Theater. In der Pause sind wir uns im Foyer in die Arme gelaufen. Da hats gefunkt. Er hat mir sehr schnell hier in Dinkelsbühl bei einem Hotelier eine Halbtagsstelle als Buchhalterin besorgt, und ich bin vor einem halben Jahr zu ihm gezogen. Das hier ist sein Elternhaus, welches er nach dem Tod seiner Mutter restaurieren ließ. Sein Vater ist ja schon vor langer Zeit, als er noch ein Kind war, bei einem Unglücksfall ums Leben gekommen."

„Ham Sie dann wohl nach der Trennung von Donato wieder bei ihren Eltern gewohnt und gearbeitet?"

„Gewohnt – ja, gearbeitet – nein. Die hatten ihre Bäckerei zwischenzeitlich aus Altersgründen aufgegeben. Ich hatte bei meinem Schulfreund Udo, in seinem Foto-und Filmatelier in Ansbach einen Job als Buchhalterin gefunden."

„Na gut, Frau Wägener, das wars schon. Besten Dank, und sollte Ihnen noch etwas einfallen, können Sie uns jederzeit anrufen. Hier meine Visitenkarte", sagte Tom zum Abschied.

„Ja klar, ich wünsch euch viel Glück, dass ihr den bald findet, der das getan hat."

Auf dem Heimweg beschwerte sich Günter: „Außer dem Anblick von dieser schönen Marie kannst den Tag heut ziemlich in die Tonne treten. Eine ewige Hin-und-her-Fahrerei, ohne dass auch nur das Geringste dabei rauskommt."

„Ja, mein Freund – solche Tage muss es auch geben. Außerdem, so schlecht war des heut doch gar net. Unser Mittagessen war super und beim Vortrag vom Dr. Bieler konnte man noch was lernen – aber, da is der Herr Rager ja rausgegangen – war ihm wohl a bissl zu hoch, die Vorlesung", stichelte Tom.

Vergleichsweise einfach und ohne die geringste Komplikation war es ihm gelungen, den Mann in seine Gewalt zu kriegen. Den Marco-Polo-Camper hatte er direkt neben den Radweg im Rezattal, der von Ansbach nach Lehrberg führt, gestellt. Kaum zwanzig Minuten musste er neben der geöffneten Seitentür stehend warten, da sah er ihn schon von weitem kommen. Joggend, nur mit einer hautengen, kurzen, grauen Laufhose und einem weißen, atmungsaktiven Laufshirt bekleidet, kam er auf ihn zu. Ein hagerer, kleiner Mann, dessen lange, dunkle Haare bei jedem Schritt mitwippten. Es genügte eine Wanderkarte in der Hand und das kleine Wörtchen „Entschuldigung!", um ihn zu stoppen. Noch bevor er registriert hatte, was mit ihm geschah, hatte der Elektroschocker schon gewirkt. Nur ein kleiner Schubs war noch nötig, um ihn in den Innenraum zu bugsieren. Für eine vollständige Betäubung sorgte eine Injektion. Zur Sicherheit wurden ihm die Hände und Beine mit einem Kabelbinder gefesselt und der Mund mit Klebeband abgeklebt.

Mit Schwung schob er die Seitentür zu, setzte sich ans Steuer und fuhr los. Nachdem er Ansbach auf der B 13 in Richtung Fränkisches Seenland verlassen hatte, machte er sich die auf einem USB-Stick gespeicherte Musik an. Populäre Stücke aus italienischen Opern. Den Gefangenenchor aus Nabucco sang er auswendig mit – italienisch. Laut schmetterte er „Arpa d'or dei fatidici vati" und übertönte dabei den Chor.

Ab Absberg fuhr er wieder überaus zivilisiert hinunter zur Seespitz. Nur nicht Auffallen unter den vielen Touristen und Badegästen. Vor dem Zugangstor zum Betriebsgelände neben dem FKK-Strand hielt er an, sperrte es auf und fuhr hinein. Ruhig und sorgfältig verriegelte er die beiden Flügel des Holztores hinter sich. Als er durch die Halle die danebenliegende ehemalige Waschhalle betrat, verzog er das Gesicht. Ein unangenehmer Verwesungsgeruch lag in der Luft, die stickig und warm das Atmen erschwerte. Schnell öffnete er das Tor, so dass sich der

Gestank verziehen und angenehme, warme Abendluft hineinströmen konnte. Zufrieden mit seinem Ergebnis versperrte er das Tor der Waschhalle, ging zu seinem Camper, öffnete die Seitentür und betrachtete sein Opfer.

Das Männlein erwachte langsam aus der Betäubung und zeigte erste Regungen. Mit einem unvermittelten, brutalen Griff packte er die gefesselten Hände am Kabelbinder und zerrte den Benommenen, der dabei einen Schmerzensschrei ausstieß, aus dem Fahrzeug. Durch die Halle zog er ihn über die Schwelle der Seitentür in die geflieste Waschhalle und hievte ihn auf den in der Mitte stehenden Stuhl. Mit einem Cuttermesser schnitt er die Kabelbinder durch, um die knochigen Hände und Beine seines Opfers sorgfältig an den Stuhl zu fesseln. Mit zwei kräftigen Ohrfeigen prüfte er, wie weit der Mann schon wieder bei Sinnen war. Als dieser die Augen öffnete, an seinen Fesseln zerrte und unter dem Klebeband versuchte, etwas zu artikulieren, nickte er zufrieden. Mit einer Nylonschnur fixierte er den rechten Zeigefinger des Mannes an der Stuhllehne, wandte sich zu einem Sideboard um, nahm einen Hammer und drehte sich seinem Opfer zu: „Strafe muss sein!", dann schlug er zu.

*

… desaströs …

Schon am frühen Morgen hatte Tom eine Nachricht von Joe auf seinem Handy. Ob er denn nicht Lust und Zeit hätte, sich mit ihm und Toni auf einen Kaffee zu treffen, bevor diese nun für ein paar Tage pausieren würde. Man könne bei der Gelegenheit auch gleich die nächsten Schritte ihres weiteren Einsatzes vorbesprechen. Mit einem „Daumen-hoch"-Emoji stimmte Tom zu und bat um eine Info, wann und wo das Treffen stattfinden solle.

Nach der Frühbesprechung meldete Tom sich und Günter bei Härpfer für den späteren Vormittag ab. Bis zum Eintreffen von Joes nächster Nachricht zogen sich die beiden noch an einen freien Schreibtisch mit Computer zurück und erledigten längst überfällige Schreibarbeiten. Dabei tauschten sie sich auch immer wieder über Details des Mordfalls aus. Wenig hilfreich, aber durchaus unterhaltsam waren Günters Bewertungen der Damen, welche sie in den letzten Tagen kennengelernt hatten: Die Toni erinnere ihn ständig an Gianna Nannini. Die Marie Wägener sei für ihn die „Inkarnation eines Sexsymbols schlechthin". Lissi Göpferts Ehe gäbe er eine Chance für einen Neustart, wenn Wolfi Göpfert sich nicht doch noch als Mörder entpuppen sollte, und jetzt, wo die Elisabeth Donato verwitwet sei, könne er ja vielleicht mal sein Glück bei ihr probieren. Die Tatsache, dass er selbst verheiratet sei, wäre zwar ein Hindernis, aber nicht unüberwindbar.

„Etz hör bitte endlich mit deim Gschmarri auf! Ich muss mich konzentrieren. Außerdem muss ich, glaub ich, mal ein Wörtchen mit deiner Frau reden, was du da alles so von dir gibst!", drohte Tom.

„Kannst scho machen. Aber die kennt mei Gschmarri scho. Die denkt sich do scho lang nix mehr!"

„11 Uhr – A 9 – Raststätte Feucht", lautete Joes Textnachricht über Zeit und Ort des Treffens. „Sehr romantisch – wir sind da!", schrieb Tom zurück.

Tom und Günter waren gerade auf die A 6 aufgefahren, als sich Joe telefonisch meldete.

„Hey, Joe, is dir ein noch romantischerer Ort für unser Treffen eingefallen, oder was gibts?"

„Schnell Tom, ihr müsst kommen. Die Toni ist gekidnappt worden!", rief Joe mit sich überschlagender Stimme.

„Ganz ruhig, Joe. Was ist passiert?"

„Mich hat grad einer der beiden Personenschützer, die auf Toni aufpassen, angerufen. Der sagt mir, sie wäre für die Abreise fertig gewesen und hätte an der Rezeption ausgecheckt. Sein Kollege sei mit ihr in die Tiefgarage gegangen und habe ihr geholfen, die Koffer einzuladen. Als der nicht zurückgekommen ist, wäre er nachschauen gegangen. Da hat er ihn niedergeschlagen hinter einem Auto gefunden. Er hätte sich dann an der Rezeption die Videoüberwachung der Tiefgarage angeschaut und da hat er es dann gsehn – oh nein – so ein Mist!"

„Was hat er gesehen, Joe? Komm, jetzt reiß dich zusammen!"

„Zwei Männer sind hinter Toni und dem Kollegen aufgetaucht. Einer hat den Kollegen mit einem Baseballschläger umgehauen und hinter ein Auto geschleift. Der andere hat der Toni etwas in den Rücken gehalten und sie vor sich hergeschoben. Mehr sieht man da nicht. Aber auf den Aufzeichnungen der Ausfahrt sieht man dann das Mercedes Coupé von Grillo – ich hab das Kennzeichen schon gecheckt – raus fahren. Den Fahrer kann man aber nicht erkennen, weil die Windschutzscheibe so spiegelt. So eine Scheiße, verdammt noch mal! Ja, und im Moment hat mich die Einsatzzentrale angerufen, dass der Alarm von der Toni aufgelaufen sei. Irgendwie konnte sie scheinbar den Knopf auf ihrer Uhr drücken, und das ist der endgültige Beweis, dass sie in großer Gefahr ist. Verdammt, was mach ich bloß?"

„Bleib ruhig, Joe! Du veranlasst jetzt sofort eine Standortortung ihres Handys, und dann ortest du ihren Peilsender – jetzt sofort! Okay, sobald wir eine Ahnung haben, wohin sie sie bringen, informierst du das SEK – die müssen ja durch die EZ auch aufgerufen worden sein. Wir kommen zu dir in die Dienststelle. Wenns was Neues gibt, sagst uns Bescheid!"

„Ja, okay Tom, mach ich!"

Günter löste das Blaulicht aus der Halterung der Fahrertür, fuhr auf den Standstreifen, um es mit dem Magnet auf dem Autodach zu befestigen, und raste weiter Richtung Nürnberg. Heftig schimpfend und gestikulierend jagte er mit Blaulicht und Martinshorn in die Stadt hinein. Erneut meldete sich Joe:

„Die bringen sie in das Immobilienbüro nach Langwasser! Meine Signale von der Fahrstrecke, so wie ich sie bis jetzt gepeilt habe, lassen gar nix anderes zu!"

„Okay, Joe – Treffpunkt mit dem SEK auf dem Parkplatz der Messe! Sag denen Bescheid, wir kommen auch dorthin! Du bleibst auf der Dienststelle und peilst weiter – verstanden?"

Die Fliehkraft schleuderte Tom mit der Schulter an die Beifahrertür, als Günter auf Grund der neuen Informationen eine quietschende Kehrtwende hinlegte. Vor der Schranke zum überfüllten Parkplatz der Messe Nürnberg parkten gerade ein schwarzer Mercedes-Geländewagen und zwei schwarze VW-Busse auf dem Seitenstreifen ein. Günter fuhr an ihnen vorbei und stellte sich davor. Während sie ausstiegen, schwang sich der Gruppenführer dynamisch aus dem Geländewagen. In schweren Stiefeln, mit schwarzem Kampfanzug und Schutzweste, die Pistole, Schlagstock, Pfefferspray, Handschellen umgeschnallt und das Mikrofon des Funkgerätes am Kragen befestigt, trat er auf sie zu. Sein kahler Schädel und Gesicht braun gebrannt, grinste er mit weiß blitzenden Zähnen: „Ihr scho wieder – was habt ihr denn heut Feines für uns?"

„Einfach gesagt, eine gekidnappte VP! Servus Ben, gut, dass ihr da seid!“ Dann berichtete Tom in knappen Worten den Einsatz der Vertrauensfrau Toni und stellte für Ben den Zusammenhang mit dem Einsatz in Abenberg her. Er hatte noch nicht zu Ende gesprochen, da meldete sich Joe: „Tonis Standort ist das Hochhaus der Immobilienverwaltung in Langwasser – eindeutig, kein Zweifel!“

„Danke Joe, dann gehen wir da jetzt mit dem SEK auf ‚Gefahr im Verzug' rein! Mobilisiere bitte noch drei oder vier Teams von der Dienststelle zur Verstärkung. Sobald ich ein Ergebnis hab, sag ich dir Bescheid. Wird schon – mach dir keine Sorgen!“

Kaum hatte Tom Ben über die neue Lage informiert, begannen seine Jungs, auf ein Handzeichen von ihm aufzurüsten. Neben den VW-Bussen zogen sie ihre Schutzwesten über, setzten ihre schwarzen Helme mit Visier auf und kramten eine schwere Metallramme aus den Utensilien, die sich hinter der Heckklappe verbargen. Eine weitere Armbewegung Bens ließ die Männer einsteigen, die Fahrzeuge starten und losfahren. Tom und Günter reihten sich dahinter ein. Obwohl die Fahrt rasant dahinging, verzichteten sie auf Blaulicht und Martinshorn. Einige Meter abgesetzt vom Hochhaus stellten sie ihre Fahrzeuge ab. In Windeseile hatten sich die Männer formiert und zu Fuß im Laufschritt auf den Weg zum Eingang gemacht. Ohne auch nur das geringste Geräusch zu verursachen, zogen sie am Eingang eine junge Frau, die gerade das Gebäude verließ, zur Seite und blockierten die Tür. Tom sah Grillos Mercedes unmittelbar vor dem Eingangsbereich geparkt und fühlte sich bestätigt, richtig zu liegen. Er und Günter folgten der Gruppe mit etwas Abstand. Als auch sie das Erdgeschoß des Hochhauses betreten hatten, kam ihnen Ben schon wieder entgegen. „Fünfter Stock – rechts!“, warf er Tom zu und dirigierte seine Männer weiter. Vor der offenen Eingangstür rechts zur Immobilienverwaltung und vor der offenen Wohnungstür links postierte sich jeweils ein SEK-Hüne. Die beiden Angestellten im Büro saßen kreidebleich und völlig perplex hinter ihren

Schreibtischen. Tom und Günter folgten der Gruppe über das Treppenhaus in die oberen Stockwerke. Ein durch die Ramme verursachter mächtiger Knall und mehrfaches lautes Rufen: „Polizei! Polizei! Polizei!“ ließen Tom und Günter im Treppenhaus mitkriegen, dass das SEK die Wohnung gestürmt hatte. Im Laufschritt nahmen sie die letzten Stufen, um selbst in die Wohnung zu gelangen. Für Tom ein echtes Déjà-vu: Wieder lag Carmine Grillo mit auf den Rücken gefesselten Händen vor ihm auf dem Boden, hob seinen Kopf und sagte: „Commissario Hoffmann, was machen Sie denn hier?“ Noch immer grinsend, hörte er sich Bens Ergebnismeldung an: „Schutzperson sicher und unverletzt! Zwei männliche Täter festgenommen. Zwei Faustfeuerwaffen sichergestellt! Euer Spiel, Tom. Wir sichern noch, bis die zwei Festgenommenen abtransportiert sind.“

„Danke Ben, ihr seid Spitze!“ Während Tom das sagte, rannte er bereits in die Wohnung zu Toni, die sich auf einen Sessel niedergelassen hatte.

„Hey Toni, wie gehts dir? Bist du okay?“

„Si, si, si, certo Tom, alles Bestens! Endlich mal ein bisschen Action hier!“, antwortete sie kokett, obwohl ihr der Schreck noch deutlich im Gesicht stand. „Können wir bitte den Joe anrufen und ihm sagen, dass alles gut ist?“, bat sie weiter. Tom wählte Joes Nummer und übergab ihr sein Handy. Leise und sichtlich um Fassung bemüht, vertraute sie sich Joe an. Währenddessen trafen die Verstärkungsteams ein. Mit wenigen Worten teilte Tom je ein Team für die Durchsuchung des Immobilienbüros und der Wohnung Grillos im Erdgeschoß sowie für die Wohnung im fünften Stock ein. „Hier ist übrigens der Schlüsselbund von Carmine Grillo. Also wenn was verschlossen sein sollte, bitte erst damit probieren, net immer gleich alles aufbrechen! Danke.“ Unterdessen hatte Günter zwei Streifenbesatzungen für den Abtransport der Gefangenen geordert. Ohne Widerstand ließen sich Carmine Grillo und sein Kumpane abführen. Tom bedankte sich bei Ben und seiner Gruppe, die sich ihre Helme und Sturmhauben vom Kopf gezogen hatten und plaudernd die Wohnung verließen. Als Toni ihm sein Handy zurückgab, war es ruhig geworden in der Wohnung. Neben ihr, Günter und ihm waren nur noch die beiden Durchsuchungsbeamten da. Erst jetzt konnte er sich einen Überblick verschaffen. Eine schöne, helle Wohnung mit modernen hellgrauen Möbeln und einem Glastisch im Wohnzimmer. Farbenfrohe Gemälde an den Wänden erinnerten ihn an die Bilder seiner Frau. Neben einer kleinen Küchenzeile standen ein eleganter Esstisch und zwei freischwingende Schalenstühle. Das Schlafzimmer nebenan dominierte ein riesiges Boxspringbett, davor ein mannshoher Spiegel mit LED-Beleuchtung.

Tom setzte sich am Couchende auf die Lehne und bat Toni zu erzählen, was passiert war.

„Eigentlich war alles gut. Ich war überzeugt, dass Carmine mich wegen seiner Festnahme in Abenberg nicht verdächtigt hat. Wir haben sogar noch telefoniert, und er hat mir davon erzählt, dass er Stress mit den Bullen gehabt hätte. Er wusste, dass ich heute abreise, und wir sprachen schon darüber, wann ich wieder nach Nürnberg kommen würde.

Das Problem waren scheinbar meine Personenschützer. Die hat er, oder einer seiner Leute, bei mir im Hotel gesehen. Frag mich aber bitte nicht, warum er sie überhaupt wahrgenommen hat. Vielleicht ließ er mich doch überwachen – oder er wollte sich heute einfach nur von mir verabschieden. Ich weiß es nicht. Auf jeden Fall hatten wir gefrühstückt und ich hatte meine Koffer schon an der Rezeption stehen. Einer der beiden Kollegen bot mir an, mich noch in die Tiefgarage zu begleiten und mir beim Einladen der Koffer zu helfen. Der andere blieb oben und trank noch einen Kaffee.

In der Tiefgarage ging es dann ganz schnell. Plötzlich wurde der Kollege von hinten niedergeschlagen, Carmine drückte mir eine Pistole in den Rücken und dirigierte mich in sein Auto. Scheiß eng in dieser Kiste. Der Junge hielt mir die Pistole in die Seite und Carmine fuhr los. Direkt hierher. In der Wohnung hat er mich hier auf den Sessel geschubst und immer wieder gefragt, für wen ich arbeite und wieso ich Bodyguards hätte. Ich glaub nicht mal, dass er vermutet, ich würde für die Polizei arbeiten. Der meint, dass ich für einen anderen Clan unterwegs bin. Als Ausrede wollte ich ihm eine Bedrohung durch meinen Ex vorschwindeln. Zum Glück seid ihr aber rechtzeitig gekommen."

„Hat er dir was getan?"

„No, no, no, nur angeschrien und rumgeschubst! Ja, und halt die Beretta in die Seite gedrückt!"

„Toni, ich bin so heilfroh, dass dir nix passiert is. Der Matthias Wagner, dein Enzo in Rom und deine anderen Chefs, die hätten mir alle den Kopf runtergerissen."

„Und der Joe bestimmt auch!", ergänzte Günter, der beim Asservieren der Pistolen dem Gespräch zugehört hatte.

„Tom, Günter, kommt ihr mal!", bat einer der Durchsuchungsbeamten. In der winzigen Diele der Wohnung schoben die beiden Beamten eine Garderobe zur Seite, hinter der sich eine schwere Eisentür verbarg.

„Öha – wos is etz des?", fragte Günter.

„Sieht aus wie ein Durchgang zur Nachbarwohnung", mutmaßte einer der beiden schnaufend. „Vielleicht war des mal eine große Wohnung – könnt doch sein?"

„Lasst uns halt einfach erst mal an der Nachbarwohnung klingeln", schlug Tom vor.

Das Klingelschild trug die Aufschrift „Anneliese Rohrmoser". Doch auf das Läuten folgte keine Reaktion. „Scheinbar net daheim, die Frau Rohrmoser?", kommentierte Günter den erfolglosen Versuch.

„Dann lasst es uns mit Grillos Schlüsselbund versuchen."

„Der ist im Erdgeschoß!", wusste Günter. „Jaaaaa, ich hol ihn ja schon – immer auf die Kleinen!"

Wenige Minuten später probierte Tom mit mehreren Schlüsseln, die schwere Metalltür in der Diele zu öffnen.

„Passt – der passt!" Tom drehte den Schlüssel um, zog die Tür auf und trat in die Nachbarwohnung.

„Ich glaubs net! Wow, des is der Hammer!" Sprachlos standen die Kriminaler in einer Wohnung, die keine war. Vielmehr ein Lager, vollgestellt mit Metallregalen. Die Fenster mit Folie abgeklebt und die Eingangstür, an der sie gerade eben geklingelt hatten, von innen mit einer schweren Metallplatte verschraubt. In der Mitte ein großer Tisch, unter dem in großen Schachteln massenhaft zusammengefaltetes Verpackungsmaterial für italienische Lebensmittel lagerte. In den Regalen kiloweise Kokain, Amphetamin, bunte Tabletten und Legal Highs in bunten Tütchen. Neben dem Drogendepot in einem Metallschrank, der sich ebenfalls mit einem Schlüssel von Grillos Schlüsselbund öffnen ließ, Waffen: Fünf Maschinenpistolen der Marke Uzi, etwa zwanzig Pistolen der Marke Beretta und massenhaft Munition. Neben dem Schrank stand ein Sortiment an Baseballschlägern. Als sie in der Diele einen hölzernen Kleiderschrank öffneten, flogen ihnen Geldscheine entgegen. Bis oben hin war der Schrank mit Geldbündeln vollgestopft.

„Jungs, wir sind am Ziel!", rief Toni, die in der Durchgangstür stehengeblieben war, und brachte damit die Situation auf den Punkt. Wortlos nahm Tom sie in den Arm und drückte sie. „Ja, dank dir, Toni, dank dir!"

Günter indes reagierte völlig euphorisch, klatschte sich mit den Durchsuchungsbeamten immer wieder ab und jubelte wie ein Fußballspieler nach einem versenkten Elfmeter.

Erst, nachdem sie sich langsam wieder ein wenig gefasst hatten, begann Tom die weiteren Schritte zu koordinieren. Zuerst informierte er Joe mit der Bitte, zum einen den Dezernatsleiter in Kenntnis zu setzen und dann herzukommen, um Toni zu ihrem Auto ins Hotel zu bringen. Danach telefonierte er mit dem Chef der Spurensicherung und bat „um ein Team mit dem großen Besteck". „Wir brauchen alle Finger- und DNA-Spuren von jeder Person, die in dieser Wohnung jemals zu Gange war. Grillos Schlüsselbund alleine ist mir als Beweis zu wenig." Dann bat er Günter, den Stand der Durchsuchungen im Erdgeschoß zu erfragen. Die beiden Kollegen beauftragte er mit der Überprüfung der Wohnungsinhaber vom ersten bis in den vierten Stock. „Net, dass es da noch mehr Anneliese Rohrmosers im Haus gibt. Ihr versteht, worauf ich hinaus will?"

Als kurze Zeit später Joe eintraf, stellte Tom mit Verwunderung fest, dass die Umarmung mit Toni sehr innig und weit mehr als kollegial war.

„Du sollst dich sobald als möglich beim DezL melden!", richtete er Tom aus.

Die Verabschiedung von Toni fiel herzlich aus. „Jetzt machst dir erst mal ein paar ruhige Tage in München und erholst dich a bissl von dem Schreck. Wir melden uns wegen dem Abschluss deines Einsatzes."

Tom bat Günter, die weiteren Maßnahmen im Haus zu leiten, und verabschiedete sich zum Gesprächstermin beim Dezernatsleiter.

„Glückwunsch, Tom, gute Arbeit!", begrüßte der Dezernatsleiter Tom, als er in dessen Büro trat. Durch die offene Tür orderte der drahtige Endfünfziger mit den kurzen, grauen Haaren bei seiner Vorzimmerdame Kaffee, Wasser und Kekse, bevor er sich wieder in seinen Chefsessel fallen ließ. Sichtlich neugierig setzte er seine Brille auf und bat Tom zu erzählen. Aufmerksam und hoch konzentriert hörte er zu, stellte gelegentlich eine kurze Zwischenfrage und verlangte abschließend eine Gesamteinschätzung.

„Nun ja, ich denke, wir haben heute den Durchbruch geschafft, um das gesamte Netzwerk auffliegen zu lassen. Der bewaffnete Raubüberfall in der Tiefgarage und die Entführung unserer VP dürften für Grillo und seinen Kumpanen schon mal für Untersuchungshaft ausreichen. Das Drogen-, Waffen- und Gelddepot muss sorgfältig aufgearbeitet und zugeordnet werden. Allein der Marktwert der Betäubungsmittel liegt bei mehreren Millionen. Wir wollen den Drogenhandel nicht nur dem Grillo, sondern auch den Mittätern lückenlos nachweisen. Ich glaube auch, dass wir für die Geldwäsche über die Wohnungen und das Büro der Immobiliengesellschaft Beweise finden werden. Und wenn ich mir das gesamte Ausmaß heute anschaue, könnte ich mir durchaus vorstellen, dass der Mord an Gennaro Donato doch aus dieser Ecke kommen könnte. Vielleicht wird ja der Herr Grillo jetzt a bissl gesprächiger, wenn er merkt, dass es ihm nass nei geht. Dass er der Toni gegenüber bisher so unwissend getan hat, muss nix bedeuten. Wieso sollte er einer alten Freundin, die er nach vielen Jahren wiedersieht, gleich einen Mord auf die Nase binden."

„Okay, Tom, das bedeutet aber eine Menge Arbeit. Da brauchen wir eine Arbeitsgruppe, um des alles gerichtsfest aufzuarbeiten. Ich wüsste nicht, wer außer dir die Leitung übernehmen sollte."

„Grundsätzlich sehr gerne. Das ist es ja auch, worauf ich seit ein paar Monaten hingearbeitet habe. Andererseits möchte ich aber auch die Ansbacher jetzt net einfach so hängen lassen", wandte Tom ein, während er sich, hungrig wie er war, schnell einen Keks in den Mund schob.

„Versteh schon! Dann schlage ich folgendes vor: Die Spusi und unsere Leute sollen jetzt erst mal im Hochhaus in Langwasser alles sichern und auflisten. Des is Handwerksarbeit, des kriegen die hin. Die Vorführung zum Ermittlungsrichter kann morgen der Joe übernehmen, und ihr beide bleibt zunächst noch in der Soko in Ansbach. Ich kümmere mich um Ersatz für die Soko, so dass wir euch beide dann nächste Woche rauslösen können. Dann ham wir die Ansbacher nicht vor den Kopf gestoßen, und du kannst hier die Arbeitsgruppe übernehmen. Okay?"

„Ja, guter Plan – passt so!"–

„Was is jetzt mit dem VP-Einsatz?"

„Na ja, nach der Aktion heute hat sich der von selbst beendet. Die Toni bleibt für ein paar Tage in der Obhut vom Matthias Wagner in München. Die abschließenden Formalitäten erledigen wir gemeinsam nächste Woche, und dann kann sie zurück nach bella Italia!"

Mit beifälligem Klopfen auf den ovalen Besprechungstisch drückten die Angehörigen der „Soko Hafen" ihre Glückwünsche zur Aushebung des Drogen- und Waffendepots aus, nachdem Tom die Zugriffsaktion geschildert hatte. Sofort folgten Fragen, ob denn der Mord an Donato nicht doch etwas mit diesem kriminellen Netzwerk zu tun haben könnte. Eine Antwort dazu blieb spekulativ. Tom versicherte aber, dass sie das im Rahmen der Aufarbeitung selbstverständlich mit Nachdruck verfolgen würden.

In der anschließenden kleinen, fast schon zur Gewohnheit gewordenen Runde in Dieter Härpfers Büro hinterfragte dieser die weitere Unterstützung von Tom und Günter. Tom erläuterte den Plan seines Dezernatsleiters und versprach Härpfer auch weiterhin eine enge und intensive Zusammenarbeit. „Donatos Mörder schnappen – liegt doch in unser beider Interesse."

„Aber wenn Grillo selbst etwas mit dem Mord zu tun hat, warum dann der Überfall auf Göpfert? Das widerspricht sich doch, oder nicht?", fragte Härpfer nachdenklich.

„Scheinbar schon, Dieter. Aber der Besuch bei Göpfert könnte ja auch einfach nur als Abreibung für den Angriff auf Donato gedacht gewesen sein. Vielleicht war die Aktion auch ein Ablenkungsmanöver, damit wir glauben, auch sie hätten Göpfert als Mörder im Verdacht. Auf jeden Fall werden wir dem Grillo noch kräftig auf den Zahn fühlen. Jetzt hat er ja massive Belastungen am Hals. Mal sehen, wie er reagiert."

Auf Toms Frage, was es denn sonst an Neuigkeiten gäbe, berichtete Härpfer, dass sie gestern einen Vermisstenfall reinbekommen hätten. Ein junger Geschäftsmann sei vorgestern Abend von seiner Joggingrunde im Rezattal nicht nach Hause gekommen. Nachdem er die ganze Nacht über verschwunden geblieben war, habe ihn sein Ehemann vermisst gemeldet.

„Hä, wer is etz vermisst, der Mann oder seine Frau?", wollte Günter wissen.

„Der Ehemann, aber der ist homosexuell und eben mit einem Mann verheiratet."

„Und, habt ihr schon was?"

„Nö, leider noch nicht – Spusi und Suchhundestaffel waren gestern erfolglos. Heut schauen sich die Kollegen mal bei seinem Ehemann im Geschäft um. Die betreiben ein Foto- und Filmatelier hier in Ansbach. Vielleicht findet sich auf einem Computer oder in seinen persönlichen Unterlagen eine Spur. Aber Suizid, so sagt zumindest der Ehemann, sei auszuschließen."

Nachdenklich legte Tom seine Hand an die Stirn: „Ein Foto- und Filmatelier, sagst du? Der heißt aber net zufällig Udo mit Vornamen?"

„Doch, Udo Kern", antwortete Härpfer.

„Die Marie Wägener hat uns erzählt, dass sie, nachdem sie sich von Donato getrennt hatte, bei ihrem Schulfreund Udo in dessen Foto- und Filmatelier einen Job bekommen hätte."

„Wenn der aber homosexuell ist, wird sie mit dem wohl kein Verhältnis gehabt haben. So gesehen, passt des also nicht", kombinierte Härpfer.

„Schon klar, Dieter! Aber es ist allemal eine komische Parallele. Wenn du nichts dagegen hast, würde ich doch ganz gern mal mit ihr über den Udo Kern reden?"

So machten sich Tom und Günter erneut auf den Weg nach Dinkelsbühl. Sie parkten ihren BMW am Anfang der schmalen Gasse und klingelten bei Dr. Bieler und Marie Wägener. Es blieb still im Haus, niemand öffnete. So gingen sie um das Häuschen herum zum seitlich gelegenen Gartentor. Da es verschlossen war, beugten sie sich über das Türchen, um einen Blick in den Garten zu werfen. Hier bot sich ihnen ein erregendes Bild: Samuel Bieler und Marie Wägener beim Liebesakt auf der Liegefläche des Pavillons. Bieler, auf dem Rücken liegend, hatte seine Hände hinter dem Kopf verschränkt, auf ein großes Kissen gelegt. Splitternackt wirkte er für sein Alter, auch durch seine stattliche Größe, überaus sportlich. Ihm zugewandt, kniete Marie zwischen seinen ausgestreckten Beinen. Ihr nackter, wohlgeformter Körper glänzte im Sonnenlicht. Nach vorne übergebeugt, ließen die rhythmischen Bewegungen ihres blonden Lockenkopfes über Bielers Hüfte keinen Zweifel an dem, was sie gerade tat. Sein kräftiges, sonores Stöhnen spiegelte seine Erregung wieder. Unvermittelt stand sie auf, setzte sich auf ihn, verschränkte ihrerseits die Hände hinter ihrem Lockenkopf und begann mit heftigen Hüftbewegungen, was Bieler mit noch lauterem Stöhnen quittierte.

Günters Blick und Mimik fragten Tom: Stören oder nicht? Eine eindeutige Handbewegung Toms verneinte dies. Leise zogen sich beide zurück. „Die is der Hammer – ein echtes Vollblutweib! Des Bild krieg ich nie mehr aus dem Kopf. Wenn wir heut noch mit der reden wollen, dann musst du des machen", kommentierte Günter das gerade Gesehene.

So bot sich eine Gelegenheit für eine unerwartete Pause, zu der sie ein Kaffee neben dem Münster aufsuchten. Während sie einen Cappuccino tranken und Günter gar nicht aufhören konnte, von Marie Wägener zu schwärmen, teilte Joe telefonisch mit, dass Carmine Grillo und sein Kumpan „eingefahren seien". „Wir hatten heut schon ganz in der Früh einen Termin beim Ermittlungsrichter. Der Rechtsanwalt Croner hat sich richtig ins Zeug gelegt und eine gigantische Kaution angeboten. Aber der Richter ließ sich nicht beirren und hat für beide Untersuchungshaft angeordnet", berichtete Joe. „Mit der Toni hab ich heut auch schon telefoniert. Der gehts gut in der Obhut vom Wagner, Hias. Ich fahr etz dann nach Langwasser raus und helf den Kollegen beim Asservieren."

„Ja, sehr gut, Joe – tu das!", antwortete Tom.

Geraume Zeit später machten sie sich erneut auf den Weg zum Häuschen von Dr. Bieler. Auf das Klingeln öffnete Marie Wägener im Bademantel, frisch geduscht, mit noch feuchten Haaren. „Hi, ihr zwei schon wieder! Was kann ich für euch tun?"

„Hallo Frau Wägener, wir hätten noch ein paar Fragen. Dürfen wir reinkommen?"

„Ja, klar doch. Aber lasst uns besser in den Garten gehen. Draußen is es angenehmer als da herinnen." Marie Wägener führte sie durch das Wohnzimmer über die Terrasse in den Garten und bat sie, an dem kleinen schmiedeeisernen Tischchen Platz zu nehmen. Sie brachte eine große Karaffe Wasser, in der Zitronenscheiben schwammen, und drei Gläser, schenkte ein und setzte sich mit überschränkten Beinen, die unverschämt weit unter dem Bademantel herausschauten, dazu.

Während Günter immer wieder auf die zerknüllte Liegefläche des Pavillons starrte, war Tom schon auf seine Befragung konzentriert.

„Frau Wägener, Sie ham uns bei unserem Besuch von einer kurzen Anstellung bei einem Schulfreund in dessen Foto- und Filmatelier erzählt. Heißt dieser Freund Udo Kern?"

„Ja, genau, so heißt der. Wieso?"

„Der wird seit vorgestern Abend vermisst!"

„Hm, okay, aber was hab ich etz damit zu tun?"

„Ich würd gern noch a bissl mehr zu Ihrem Verhältnis und zu dieser Beschäftigung wissen. Weil es doch eine komische Parallele ist, dass jetzt der zweite ehemalige – wie soll ich sagen – Chef von Ihnen vermisst wird."

„Jetzt mal langsam mit den jungen Pferden, Herr Kommissar. Da gabs kein Verhältnis. Der Udo is stockschwul und mit einem Mann verheiratet. Ich hab einen Job und Geld gebraucht, nachdem ich vom Gennaro weg war, und der Udo hat jemanden für seine Buchhaltung gebraucht. Des hat einfach gut gepasst. Die

Eltern vom Udo hatten früher ein ganz normales Fotogeschäft in Ansbach. Als man sich noch einen Fotoapparat gekauft und nicht mit dem Handy fotografiert hat, und als man Filme noch entwickeln lassen musste. Der Udo hat das Geschäft übernommen und modernisiert, hat sich mit Foto- und Filmaufnahmen insbesondere auf Werbung spezialisiert, hat professionelle Druckmaschinen angeschafft und Plakate, Roll-Ups, Flyer und dergleichen produziert. Für Kinos hat er zudem kleine Werbefilme gemacht. Neben seinem Ehemann arbeiten drei weitere Leute für ihn. Jeder ist spezialisiert auf ein Fachgebiet: Ein Fotograf und Kameramann, einer, der die Filme produziert, und ein Drucker. Das Geschäft läuft wie geschmiert. Da konnte er mich für die Buchhaltung, Lohnabrechnung und Steuer gut gebrauchen."

„Haben Sie in dieser Zeit etwas von Problemen oder Unstimmigkeiten mitbekommen?"

„Nö, also geschäftlich, nicht dass ich wüsste!"

„Und privat?"

„Na ja, die beiden Jungs sind zwar schwer verliebt, aber sein Mann ist auch immer fürchterlich eifersüchtig gewesen. Der hat ihm immer gleich eine Szene gemacht, wenn er auch nur mal mit einem anderen Mann gesprochen hat."

„Kann es sein, dass Kern sich einfach vom Acker gemacht hat? Oder wäre Suizid denkbar?"

„Auf gar keinen Fall; weder das eine, noch das andere! Der Udo ist immer gut drauf, und sein Geschäft, das er sich mühevoll aufgebaut hat, lässt der nicht einfach im Stich."

„Und Sie, hatten Sie Probleme in dieser Zeit?"

„Nö, hatte ich nicht. Ganz im Gegenteil, des war sehr lustig und entspannt bei denen."

„Okay, können Sie sich sein Verschwinden erklären?"

„Tut mir leid, kann ich nicht. Da hab ich nicht die geringste Idee."

Etwas ratlos blickte Tom zu Günter, ob der noch etwas fragen möchte. Doch auch der zuckte nur mit den Schultern. So verabschiedeten sie sich von Marie Wägener, sichtlich unzufrieden mit dem erzielten Ergebnis. Auf der Fahrt zurück Richtung Ansbach sinnierte Tom vor sich hin. Halblaut und nachdenklich hinterfragte er Günters Rechercheergebnis zu Marie Wägener und Samuel Bieler im Polizeisystem.

„Hab ich dir doch schon gsagt: Nix, beide polizeilich bislang nicht in Erscheinung getreten. Die Marie steht mal als Zeugin eines Verkehrsunfalls drin und beim Bieler ist nur der tödliche Unglücksfall seines Vaters noch im System.

Tom starrte weiter aus dem Fenster und betrachtete die Landschaft, die an ihm vorbeiflog. „Irgendwie hab ich des Gefühl, dass der Tod vom Donato und das Verschwinden vom Kern etwas mit der Marie Wägener zu tun haben? Die einzige Person, von der wir wissen, dass sie mit beiden im Kontakt stand."

„Tom, ich bitte dich! Überleg doch mal, wie der Donato gefoltert wurde und die Leichenablage: aufgehängt an dem Kran. Traust du das der Marie zu? Das hätte die schon körperlich gar net schaffen können. Außerdem, wo soll denn da das Motiv sein?", widersprach Günter.

„Ja, schon. Aber, ich weiß net."

Minuten später sprach Tom seine Gedanken erneut aus: „Wie is Bielers Vater eigentlich zu Tode gekommen? Hast du da Näheres im System gefunden?"

„Bergunfall – Absturz in der Höllentalklamm bei Garmisch. Recht viel mehr war da nicht mehr zu finden. Des is ja schon 35 Jahre her."

„Gibts da noch Akten dazu?"

„Bei uns nicht, aber im Archiv vom Landgericht in Ansbach könnte noch der Originalvorgang liegen."

„In Ansbach, net in Garmisch? Wieso das denn?"

„Weil der Samuel Bieler als 12-jähriger Bub damals mit seinem Vater bei dieser Bergwanderung der einzige Zeuge des Unfalls war und danach hier auch in kinderpsychologische Betreuung gekommen ist."

„Lass uns mal die Akte holen. Des interessiert mich jetzt, wie das damals war."

„Spinnst etz endgültig? Was willst denn mit dem alten Käse? Was soll denn des bringen?"

„Ja, jetzt lass mich halt."

„Also, so ein Blödsinn. Wir ham weiß Gott genügend Arbeit. Wir sollten hier unsere Arbeit sauber abschließen und dem Dieter übergeben, und ab nächster Woche sind wir mit den Ermittlungen zu Grillos Drogen- und sonstigen Geschäften eh bis über die Hutschnur mit Arbeit eingedeckt. Und du verrennst dich hier in uralte Geschichten, die keine Sau interessieren!"

Unter Protest steuerte Günter den BMW zu den Gerichtsgebäuden an der Ansbacher Promenade. Nachdem er eingeparkt hatte, erklärte er Tom missmutig, dass er „null Bock" habe „bei dieser Affenhitze" eine verstaubte alte Akte im Archiv des Landgerichts zu suchen. Wohl oder übel machte sich Tom alleine auf den Weg. Ein ungläubig dreinblickender Justizwachtmeister führte ihn in die spärlich beleuchteten Katakomben des Gerichts und zeigte ihm die Abteilung mit den alten Unglücksfällen. Mit dem Hinweis, dass der Vorgang möglicherweise längst ausgesondert sein könnte, ließ er Tom alleine im Archiv zurück. Eine dreiviertel Stunde und einige Husten- und Niesanfälle später zog Tom den verbleichten, roten, staubigen Aktendeckel aus einem Stoß. „BERGUNFALL BALTASAR BIELER" hatte jemand handschriftlich in Großbuchstaben darauf geschrieben. Zufrieden meldete sich Tom bei dem für das Archiv zuständigen Wachtmeister und ließ die Akte für sich austragen. Als er zurück zum Auto kam, saß Günter auf einer Bank und schleckte ein Eis.

„So, hammer uns etz wieder a bissl beruhigt, Herr Rager?"

„So, hammer die nichtsnutzige Akte gfunden, Herr Hoffmann?"

„Ich bin heut Abend eh allein daheim. Die Biggi hat Hobbykünstlerstammtisch. Da kann ich mir des mal in Ruhe durchlesen“, erklärte Tom.

„Wenn dir da nix Besseres einfällt, von mir aus – mach doch, was du willst“, raunzte Günter zurück und schob sich die Spitze der Waffeltüte in den Mund.

... monströs ...

Gut gelaunt, vor ihrem Spiegel im Bad zur Musik aus dem Radio mitsummend, machte sich Biggi für ihren Stammtisch zurecht. Geschminkt, die langen schwarzen Haare zusammengebunden, kam sie in einem leichten Sommerkleidchen auf die Terrasse zu Tom und ihren Söhnen. Alle drei pfiffen gleichzeitig wie unflätige Bauarbeiter.

„Hey, lasst das. Hab ich euch etz schon so oft gsagt, dass sich das nicht gehört. Auch net im Spaß!"

Von der Ermahnung unbeeindruckt, grinsten die Söhne wie Honigkuchenpferde darüber, dass es ihnen wieder mal gelungen war, sie zu ärgern.

„Fürs Abendessen hab ich euch in der Küche alles hingestellt. Dann machts gut, ihr ungehobelten Kerle. Ich treff mich etz mit kultivierteren Menschen!"

Mit einem angedeuteten Kuss und kokettem Winken schlenderte sie zu ihrem Auto in der Garageneinfahrt.

Männerabend – Tom genoss das gemeinsame Abendessen und die unbeschwerte Unterhaltung mit seinen Söhnen. Von ernsten schulischen Themen über lustige Erlebnisse der jüngsten Vergangenheit bis hin zu kleinen Sticheleien war alles geboten. Gerne erfüllte er ihnen auch die Bitte, noch einen Abenteuerfilm auf Netflix anschauen zu dürfen. Mit je einem großen Glas Spezi und einer riesigen Schüssel Kartoffelchips verschwanden sie auf die Wohnzimmercouch vor den Fernseher. Glücklich und stolz auf seine zwei so prächtigen Söhne machte sich Tom in der Küche ans Aufräumen.

Irgendwie war ihm die Neugier auf die alte Bieler-Akte vergangen. Viel lieber hätte er den entspannten Abend jetzt ausklingen lassen. So schenkte er sich ein Radler ein und machte es sich erst nochmal auf der Terrasse gemütlich. Die Ruhe in der Abenddämmerung und die ungestörte Möglichkeit, seinen Gedanken nachzuhängen, waren wohltuend. Geraume Zeit später stand er dann aber doch auf, holte die verblichene Akte, einen großen Block und einen Kuli und legte sich alles auf den Terrassentisch. Er knipste sich die Terrassenbeleuchtung an und schlug den Aktendeckel auf.

Obenauf lag eine geklammerte Heftung mit der Schilderung des eigentlichen Unglücksfalles in der Höllentalklamm. Ein Kriminalobermeister Stangassinger von der Kriminalpolizeistation Garmisch-Partenkirchen fasste in seinem auf dünnem ergrauten Papier mit Schreibmaschine geschriebenen Bericht das Unfallgeschehen zusammen. Demnach war am späten Vormittag des 14. September, einem nebligen, trüben Tag, der Notruf bei der örtlichen Bergwacht eingegangen. Ein Mann sei in die Klamm gestürzt. Sein 12-jähriger Sohn war von Wanderern sprachlos, mit ausgestrecktem Finger in die Klamm hinab zeigend gefunden worden. Nachdem das Kind zu keiner Aussage zu bewegen war, habe man vom Kassenwart des Klamm-Eingangshäuschens in Erfahrung bringen können, dass der Junge in Begleitung eines Mannes, augenscheinlich seines Vaters, am frühen Vormittag in die Klamm gegangen sei. Eine großangelegte Suchaktion führte schon nach etwa einer Stunde zur Auffindung des leblosen Körpers. Rund 300 Meter unterhalb der Absturzstelle lag der Körper eingekeilt zwischen zwei Felsblöcken, von den tosenden Wassermassen umspült. In einer aufwändigen und gefährlichen Aktion sei es gelungen, den Leichnam zu bergen. Bei dem Verunglückten handelte es sich um den verheirateten Amtsrichter Baltasar Bieler aus Dinkelsbühl.

Der die Leichenschau durchführende Notarzt stellte als Todesursache definitiv das Sturzgeschehen fest. Baltasar Bieler wies einen Genickbruch, mehrere Frakturen an Armen, Beinen und

Rippen sowie starke äußere Verletzungen überall am Körper auf. Der Tod, so der Leichenschauer, dürfte mit hoher Wahrscheinlichkeit bereits mit dem ersten Aufprall auf das Felsgestein eingetreten sein. Im Einvernehmen mit der Staatsanwaltschaft habe man auf eine Obduktion verzichtet. Bei der Untersuchung einer dem Leichnam entnommen Blutprobe konnten weder Alkohol noch sonstige Substanzen festgestellt werden.

Die Leiche wurde bereits am nächsten Tag von der Staatsanwaltschaft zur Überführung nach Dinkelsbühl freigegeben. Der 12-jährige Sohn, Samuel Bieler, konnte nicht als Zeuge befragt werden. Das Kind war stark traumatisiert und nicht ansprechbar. Die Mutter des Kindes, die sich am gleichen Tag von einem Bekannten nach Garmisch hatte bringen lassen, übernahm ihren Sohn am späten Nachmittag in ihre Obhut.

Eine Bildtafel mit einigen blassen Farbfotos vom Unglücksort in der Höllentalklamm sowie vom zertrümmerten Leichnam vervollständigten die erste Heftung.

Dahinter lag ein Vernehmungsersuchen von KOM Stangassinger an die Kriminalpolizei Ansbach, mit der Bitte, zu klären, ob der Junge mittlerweile vernehmungsfähig sei, und gegebenenfalls eine Zeugenvernehmung durchzuführen.

Drei Wochen später war dann offensichtlich eine Befragung von Samuel Bieler möglich gewesen. Dem Protokoll zufolge führte eine Kriminalbeamtin aus Ansbach die Befragung in Gegenwart der Mutter und einer Kinderpsychologin durch. Die Aussage war im Duktus der kindlichen Sprache aufgenommen worden. Darin schilderte Samuel Bieler, wie er am frühen Morgen dieses Tages mit seinem Vater von Dinkelsbühl nach Garmisch gefahren sei. Auf einem kleinen Parkplatz neben einer Kapelle am Beginn des Wanderweges hätte sein Vater das Auto geparkt. Sie seien dann den Wanderweg hinauf zur Klamm gelaufen. Ziel sei die Höllentalangerhütte gewesen, wo eine Übernachtung geplant gewesen sei. Etwa eine Stunde Fußmarsch nach dem Kassenhäuschen seien sie durch einen Tunnel gelaufen, von dem ständig Wasser heruntergetropft sei. Dann war der Weg ganz schmal, rechts die Felswand, links nur ein Stahlseil. Der Vater wollte ein besonders spektakuläres Foto schießen und hätte deshalb seinen Rucksack abgesetzt. Dann sei er über das Stahlseil gestiegen. Er, Samuel, habe noch gesagt, dass das aber sehr gefährlich und verboten sei. Doch der Vater habe sich nicht beirren lassen, stand auf dem Felsvorsprung und hätte sich auch noch hinausgebeugt. Mit einer Hand nur habe er sich am Stahlseil festgehalten. Dann sei er plötzlich weg gewesen. Im Protokoll findet sich an dieser Stelle der Vermerk: „Der Junge beginnt zu weinen!"

Bis zu diesem Punkt konnte Tom der Akte nichts entnehmen, was für ihn von Relevanz hätte sein können. Doch hinter dem Vernehmungsprotokoll und einem kurzen Schriftverkehr zwischen den Kriminalpolizeidienststellen in Garmisch und Ansbach fand sich eine weitere, dickere Heftung mit dem Titel: „Kinderpsychiatrische Begutachtung"

Darin wandte sich die Kinderpsychiatrie des Bezirksklinikums Ansbach mit einem Hinweis an die Staatsanwaltschaft: Bei der Behandlung des traumatisierten Samuel Bieler habe man eine massive Persönlichkeitsstörung des Kindes diagnostiziert, in deren Kontext der Unglücksfall des Vaters in einem neuen Lichte erscheine. Über mehrere Seiten waren Auszüge aus den psychiatrischen Sitzungen mit Samuel Bieler beispielhaft zusammengestellt, in welchen der Junge Geschehnisse in der Familie sowie eigene Handlungen beschreibt:

„... der Vater ist Richter und bestraft Menschen, die Böses getan haben. Er ist sehr streng. Aber er sagt auch: ‚Die Strafe soll nicht größer sein als die Schuld.' Das ist ein Ausspruch von dem Römer Cicero ..."

„... die Mama macht so viele Fehler und der Vater muss sie dann immer bestrafen. Ich muss dann immer in der Ecke stehen und zusehen. Manchmal wird sie auch nur geschimpft. Aber manchmal, wenn die Schuld groß ist, muss sie sich hinlegen und der Vater legt sich auf sie und tut ihr weh ..."

„... ich mach auch so viele Dinge, für die ich eine gerechte Strafe verdient habe. Ich bekomm dann immer Tatzn ..."

„... ja, ich hab auch schon bestraft. Meinem Kaninchen hab ich Tatzn gegeben, weil es mich gekratzt hat. Aber dann waren seine Vorderpfoten so kaputt, dass ich es mit einem Prügel erschlagen habe ..."

„... ich bin froh, dass der Vater tot ist. Eigentlich wollte ich ihn auch immer bestrafen, aber er war so groß und stark ..."

„... ich finde es irgendwie gut, dass er gerade in der Höllentalklamm gestorben ist. Das passt doch, das mit der Hölle, oder?"

„... auf den Schildern in der Klamm ist gestanden, dass man die Wege nicht verlassen darf und es verboten ist, über das Seil zu steigen. Da hat der Vater auch eine Strafe verdient."

Resümee der Darstellungen an die Staatsanwaltschaft war der Verdacht, dass der Junge aktiv am Absturz seines Vaters mitgewirkt haben könnte, obgleich er sich hierzu nicht konkret geäußert oder gar ein Geständnis abgelegt hatte.

Aufgrund des Hinweises des Bezirksklinikums war die Polizei von der Staatsanwaltschaft beauftragt worden, die Witwe Bieler zu vernehmen. Die Antwort hierzu war ein Aktenvermerk mit dem Inhalt, dass Frau Bieler von ihrem Recht Gebrauch mache und nicht bereit sei, zu ihrem verstorbenen Ehemann Angaben zu machen. Mit den Worten „Man solle die Toten ruhen lassen" habe sie jegliche Aussage verweigert.

Die letzten Blätter beinhalteten einen Schriftverkehr zwischen Staatsanwaltschaft und Jugendamt mit der Entscheidung, das Kind weiter in der Obhut der Mutter zu belassen.

Abschließend verfügte der damalige Leitende Oberstaatsanwalt Dr. Maurer den Abschluss der Ermittlungen. In wenigen handschriftlichen Sätzen begründete er dies damit, dass der 12-jährige Junge als schuldunfähiges Kind selbst bei aktivem Handeln nicht zur Rechenschaft gezogen werden könnte.

Perplex und mit sich überschlagenden Gedanken im Kopf saß Tom auf seiner Terrasse, klappte die Akte zu und trug sie ins Haus. Erst jetzt stellte er fest, dass seine Söhne, ohne dass er es bemerkt hatte, längst zu Bett gegangen waren. Lediglich eine leere Chipstüte, Gläser und zerknüllte Kissen ließen im Wohnzimmer ihre Anwesenheit noch erahnen. Während er ihre Hinterlassenschaften gedankenversunken wegräumte, kam Biggi nach Hause. Seine Mitteilung, dass er gerade auf etwas Wichtiges gestoßen sei und deshalb morgen, trotz Samstag, losmüsse, konnte ihre aufgekratzte gute Laune nicht trüben. Schnell schrieb er Günter noch eine Whats-App-Nachricht: „Sorry, ich brauch dich! Morgen früh, 9 Uhr, Kripo AN!" Schon im Halbschlaf, wunderte er sich noch, dass Biggi seine morgige Abwesenheit so locker weggesteckt hatte. Musste er an ihrer Liebe zweifeln?

„Jetzt brauchts aber eine sehr gute Begründung, dass du mich am Samstag hierher zitierst, mein Lieber!", forderte Günter zur Begrüßung. „Außerdem, kurz vor Mitternacht – is dir des net a bissl früher eingfallen? Kannst dir vielleicht vorstellen, was bei mir heut früh daheim los war?"

„Ja, sorry, Günter, tut mir wirklich leid, aber wir müssen unbedingt nochmal mit Marie Wägener reden."

„Okay, die schöne Marie is etz wirklich das einzige, was mich a bissl versöhnt. Und warum müssen wir mit ihr reden?"

Ausführlich schilderte Tom, was er in der „nichtsnutzigen" Akte gelesen hatte, und dass er auf Grund dieser Vergangenheit Samuel Bieler zum Kreis der Verdächtigen zählen würde. Lediglich ein plausibles Motiv könne er noch nicht erkennen. „Und genau das kann uns vielleicht die schöne Marie liefern!"

Wie schon bei den Besuchen zuvor parkten sie ihr Fahrzeug am Anfang der schmalen Gasse und gingen zu Fuß zu Bielers Häuschen. Auf ihr Klingeln folgte keine Reaktion.

Erneut gingen sie ums Haus an das Gartentor. Von dort konnten sie Marie Wägener nur mit einem Bikinihöschen, oben ohne, auf einem Liegestuhl in der Sonne liegen sehen.

„Hallo, Frau Wägener!", machte sich Tom bemerkbar.

Gegen die Sonne blinzelnd schaute Marie zu ihnen herüber, erhob sich und kam, so wie sie war, auf die beiden zu. Frisch eingeölt glänzte ihr verführerischer Körper, und ihr blanker Busen wippte ihnen entgegen. „Hi, meine Kommissare! Kommt ihr mich jetzt jeden Tag besuchen?"

Tom entschuldigte sich, dass sie sie jetzt auch noch am Wochenende belästigen und bat aber, trotzdem ein paar Fragen stellen zu dürfen.

„Ja, dann kommt halt rein", stimmte sie zu, während sie das Gartentor von innen aufschloss. „Ich zieh mir grad schnell was drüber, damit ihr mir keine Stielaugen bekommt", bemerkte sie augenzwinkernd und verschwand im Haus. Mit einer Karaffe Wasser und drei Gläsern in den Händen kam sie, in einen weißen, geblümten Kimono gehüllt, zurück. Während sie Wasser einschenkte, fragte sie, was es denn noch für Fragen gäbe. Sachte begann Tom sich vorzuarbeiten:

„Ich würde gerne wissen, ob Ihnen Ihr Lebensgefährte vom Tod seines Vaters erzählt hat?"

„Ich weiß jetzt zwar überhaupt nicht, was die Frage mit dem Tod von Gennaro und dem Verschwinden von Udo zu tun hat – aber nein, das hat er nicht. Samuel hat mit mir nie über seinen Vater gesprochen. Das einzige, was ich weiß, ist, dass er Richter war und bei einer Bergwanderung in eine Klamm gestürzt und dabei zu Tode gekommen ist."

„Hat er mal über die Ehe seiner Eltern gesprochen?"

„Nö, über die Ehe – nö, auch nicht. Nur von seiner Mutter hat er mir gesagt, dass er sie sehr geliebt hat, und sie, nach dem Tod des Vaters, alles für ihn getan habe. So konnte er studieren und promovieren."

„Wo ist denn der Dr. Bieler eigentlich?"

„In der Hochschule – macht er öfter, dass er am Samstag da was für seine Vorlesungen und Exkursionen vorbereitet."

„Was fährt er denn für ein Auto?"

„Einen goldbraunen Mercedes Kleinbus."

„Und das Kennzeichen, wissen Sie des auch?"

„Ja, schon: DKB-SB 123."

„Wie würden Sie ihn denn beschreiben, Ihren Lebensgefährten?"

„Ich weiß jetzt wirklich nicht, was des soll? Der Samuel ist ein sehr kultivierter, galanter und großzügiger Mann! Und ich liebe ihn, mehr als ich jemals zuvor einen Mann geliebt habe. Wir sind sehr glücklich, auch wenn wir erst seit einem halben Jahr zusammen sind."

„Und wenn Sie jetzt mal sehr kritisch, und weniger verliebt, auf ihn schauen würden?"

„Ja, okay – er kann manchmal sehr dominant sein; hat einen ausgeprägten, vielleicht etwas zu übertriebenen Gerechtigkeitssinn. Wahrscheinlich von seinem Vater geerbt? Und er is halt verdammt eifersüchtig. Wenn er das mit euch beiden jetzt grade am Gartentor gesehen hätte, würde es heut Abend ganz schön Theater geben. Aber bitte – nobody is perfect!"

„Ist er denn deshalb schon mal richtig ausgerastet?"

„Na ja, ich bin nun auch kein Kind von Traurigkeit. Wenn ich mal mit einem geflirtet hab oder mich einer angemacht hat, dann is er schon auch mal ausgeflippt."

„Auch wegen dem Gennaro Donato oder dem Udo Kern?"

Marie Wägener blieb plötzlich eine spontane Antwort schuldig. Sie schaute Tom und Günter mit großen Augen an und überlegte.

„Frau Wägener, man kann Ihnen beim Denken zuschauen. Bitte sagen Sie uns, was Sie so nachdenklich macht!", forderte Günter sie eindringlich auf.

„Scheiße, Scheiße, Scheiße!", brach es plötzlich aus ihr heraus. „Ich hatte bis vor ein paar Wochen noch drei Umzugskartons im Keller stehen, die noch nicht ausgepackt waren. Samuel haben die wohl gestört, oder er wollte mir einfach nur helfen und hat angefangen, sie auszupacken und den Krempel, der da noch drin war, aufzuräumen. Ich war gar nicht zu Hause. In einer großen, blechernen Lebkuchenbox hatte ich meine kleinen, geheimen Erinnerungen versteckt. Der Samuel hat reingeschaut und Briefe von Gennaro an mich gefunden, in denen der mich, nach unserer Trennung, ja, wie soll ich sagen, massiv bedrängt hat. Außerdem hatte ich da relativ aktuelle Fotos von mir aufbewahrt. Die Fotos hat der Udo auf mein Bitten hin gemacht, als ich bei ihm beschäftigt war. Der hatte eine Agentur an der Hand, die immer attraktive Mädels gesucht haben. Ich hab überlegt, ob ich mit denen irgendwie was machen könnte. Als die Fotos fertig waren, hab ich es dann aber doch gelassen. Die Fotos waren schon a bissl pornografisch, wenn ihr versteht, was ich meine. Als ich heimgekommen bin, hatte mir Samuel alles auf den Wohnzimmertisch drapiert und eine Erklärung gefordert. Und nachdem ich ja weiß, wie eifersüchtig und jähzornig er werden kann, hab ich versucht, mich aus der Bredouille zu ziehen. Also hab ich ihn halt angelogen."

„Wie angelogen?", insistierte Tom, nachdem Marie nicht weiter sprach.

„Ja Scheiße, ich hab gesagt, dass mich der Gennaro immer schon belästigt, bedrängt und auch vergewaltigt habe und dies der Grund gewesen sei, weshalb ich die Stelle bei ihm gekündigt hätte. Ich hatte dem Samuel ja nie erzählt, dass ich mit Gennaro eine Beziehung hatte. Und zu den Sexfotos hab ich halt einfach erzählt, dass die der Udo gegen meinen Willen gemacht – mich dazu gezwungen hätte. Da ich nicht gekündigt werden wollte, hätte ich mich darauf eingelassen."

„Das hat er Ihnen geglaubt?"

„Ja klar, ich war aus dem Schneider. Bedauert hat er mich und voll lieb ist er zu mir gewesen. Bitte, das war echt nur zum Selbstschutz. So eine Notlüge tut ja dem Gennaro und dem Udo nicht weh, hab ich mir gedacht. Der Samuel hätte mir doch die Hölle heiß gemacht. Ich liebe ihn doch, auch wenn er manchmal der totale Kontrollfreak ist. Ich wollt nicht, dass er mich rausschmeißt. Bitte, des kann man doch verstehen. Oder nicht?"

Schlagartig war jegliche Lebensfreude aus ihr gewichen. Tränen liefen über ihr Gesicht. Beide Hände hatten sich in ihrem Kimono verkrallt. Schluchzend fragte sie: „Soll das jetzt heißen, dass der Samuel der Mörder vom Gennaro ist?"

„Das muss erst noch überprüft werden. Wir müssten aber auf jeden Fall jetzt mal mit dem Samuel, äh, dem Dr. Bieler sprechen.

Könnten Sie uns bitte seine Handynummer geben?"

„Der Samuel hat kein Handy!"

„Wie etz, er hat kein Handy?"

„Er sagt, das sei die ‚Freiheit der Wissenschaft' – also, nicht ständig erreichbar zu sein."

„Na gut, dann tun Sie uns bitte einen Gefallen und versprechen, Ihren Lebensgefährten nicht zu warnen und von unserem Kommen zu informieren."

„Ich fürchte, dass er die längste Zeit mein Lebensgefährte war."

Alle Versuche, Marie etwas zu beruhigen scheiterten. Immer mehr in sich versinkend, schluchzte sie vor sich hin. Mit einigen tröstenden Worten verabschiedeten sich Tom und Günter und verließen den idyllischen Garten.

Während der rasanten Fahrt nach Triesdorf diskutierten die beiden, ob es Sinn machen würde, Dr. Bieler erst mal nur observieren zu lassen. Vielleicht könnte man auf diese Weise den Aufenthaltsort des Udo Kern entdecken? Schnell waren sie sich jedoch einig, dass beim nächsten persönlichen Kontakt mit Marie für Samuel Bieler sowieso alles klar sein würde. Ergo: direkte Konfrontation!

Der Campus der Hochschule war am Wochenende wie leergefegt. Keine Fahrzeuge auf den Parkplätzen, keine Studenten, kein geschäftiges Treiben. Als sie durch das Eingangsfoyer auf den Empfangsbereich zugingen, stand da, zu ihrer Überraschung, die rothaarige, grazile Doro Meier und ihre Kollegin Susanne von der Ansbacher Kripo.

„Hey, Doro, was macht ihr denn da?"

„Hallo Tom, servus Günter; ja so ein Zufall. Das Gleiche könnt ich euch auch fragen. Wir sind bei den letzten Bootsüberprüfungen. Weißt schon, was ich bei der Frühbesprechung berichtet hab. Ein Segler hat ein elektrobetriebenes Anglerboot am Takelkran gesehen. Wir ham jetzt mit ein paar Teams die Liste der Halter solcher Boote fast abgearbeitet. Die Letzten, nur noch eine Handvoll, wollten wir heute noch checken. Eines davon ist auf die Hochschule zugelassen. Aber, wie ich gerade gesehen habe, sind wir hier sehr wahrscheinlich richtig!"

„Wie meinst du des?"

„Ihr erinnert euch, dass dem Zeugen am Bug des kleinen Bootes, unter der Zulassungsnummer, ein komisches Logo aufgefallen ist: Ein offenes Quadrat mit so Strichen drin, hat er gesagt. Und jetzt schaut bitte mal über die Rezeption, was hinter dem Schriftzug ‚Hochschule Weihenstephan-Triesdorf' steht? Na bitte, das ist das gesuchte Logo: Ein grünes Quadrat, rechts offen und mitten drin ein stilisiertes ‚W' für Weihenstephan und ein ‚T' für Triesdorf! Et voila!", schloss sie grinsend mit einer eleganten Geste.

„Jetzt müssen wir nur noch herauskriegen, wer in dem ganzen Betrieb hier dieses Boot nutzt und wo es zu finden ist", ergänzte ihre Kollegin.

„Ich glaub, da können wir euch helfen. Wir suchen einen Dozenten, der, nachdem was wir heute in Erfahrung gebracht haben, ein Motiv für die Taten haben dürfte: Dr. Samuel Bieler! Wenn wir richtigliegen, müsste der auch euer Bootsführer sein."

Tom wandte sich dem Rezeptionisten zu und erkundigte sich nach dem Aufenthaltsort von Dr. Bieler. Missmutig grummelte der Alte hinter seiner Zeitung hervor, dass die Dozentenbüros im zweiten Stock seien und er nicht wisse, ob der Dr. Bieler im Hause sei.

Flotten Schrittes gingen die vier über die breite Treppe in den zweiten Stock hoch und den langen Flur entlang. Aufmerksam lasen sie die Türschilder, bis Doro auf halber Höhe des Flurs meldete: „Hier! Dr. Bieler. Da ist es!"

Auf Toms Klopfen folgte keine Reaktion. Auch lauteres und heftigeres Klopfen blieb unbeantwortet. Der Versuch, die Tür zu öffnen, misslang; sie war versperrt. Da trat aus dem Nachbarbüro ein wohlbeleibter, kleiner Mann mit grauen langen Haaren und einem mächtigen Bart auf den Flur. Während er seine Nickelbrille von der Nase nahm, schimpfte er: „Wos isn des für a Gwerch hier?“

Tom streckte ihm seinen Dienstausweis entgegen und bemerkte, dass er auf den ersten Blick wesentlich älter wirkte, als er es tatsächlich wohl war.

„Wir suchen den Dr. Bieler.“

„Der Bisam, der wor heut noch net do. Wos hat er denn angstellt, dassn die Polizei sucht?“

„Entschuldigung, wir meinen den Dr. Samuel Bieler!“

„Ja, ich scho auch. Bisam is der Spitzname vom Samuel. Wir ham zusammen studiert, do is des entstanden. Weil sein Schwerpunkt Hydrologie und Wasserforschung war.

Abgeleitet von Bieler, Samuel – Bisam – verstehns?

„Ah, jetzt hab ichs verstanden. Und wo er sein könnte, wissen Sie nicht?“

„Normalerweise is er am Samstag schon oft hier. Aber, wie gesagt, heut hab ich ihn noch net gsehn. Er könnt vielleicht am Brombachsee sein. Die Hochschule hat dort was in einem ungenutzten Betriebsgelände angemietet. Dort lagern wir Untersuchungsmaterial und Wasserproben und dergleichen. Für Exkursionen im Seenland ist das auch manchmal der Ausgangspunkte. Aber seit Jahren nutzt des eigentlich nur noch der Bisam. Ich denk, dass außer ihm auch gar keiner mehr Schlüssel für das Gelände und die Hallen besitzt. Des is sein Reich.“

„Steht dort auch ein Boot zur Verfügung?“, fiel Doro ein.

„Ja, der Bisam hat vor einigen Jahren so a kleines Boot mit Elektromotor und einen Trailer angeschafft. Das ist dort auch in dem Gelände untergestellt. Da simmer anfangs immer aufn See nausgfahrn. Manchmal sogar am Wochenende zum Baden. Aber dann is des langweilig geworden und so stehts halt bloß noch rum, ohne dass es wirklich jemand braucht.“

„Würden Sie uns bitte sagen, wo das genau ist?", bat Tom.

„Wenn Sie sich a bissl auskennen, findens des ganz leicht. Dieses Betriebsgelände liegt an der sogenannten Seespitz unterhalb von Absberg, zwischen dem Restaurant und dem FKK-Strand."

„Hätten Sie eine telefonische Erreichbarkeit von Dr. Bieler?", fragte Tom nach.

Wie erwartet, verneinte der Bärtige und erklärte dies, wie Marie, mit Bielers Philosophie, der „Freiheit der Wissenschaft". Neugierig fragte er noch, ob er denn nicht erfahren könne, worum es gehe. Freundlich, aber bestimmt erklärte ihm Tom, dass sie darüber keine Auskunft geben dürften, und bedankte sich herzlich für die Informationen. Schlurfend zog der Mann sich in sein Büro zurück.

Schnellen Schrittes verließen die vier das Gebäude. An einer Sitzgruppe, im Schatten eines mächtigen Kastanienbaumes, stellten sie sich zur Lagebesprechung zusammen. Es brauchte keine langen Reden mehr. Das Resümee der Bestandsaufnahme fiel einhellig aus. Allzu viele Indizien erhärteten den Verdacht gegen Dr. Bieler: Die psychopathischen Persönlichkeitsanzeichen mit traumatisierenden Erlebnissen in der Kindheit – das war geradezu eine Blaupause des Täterprofils von Leander Korn. Das Motiv hatte Marie Wägener geliefert. Donatos zertrümmerte Finger korrespondierten mit der kindlichen Darstellung der üblichen Bestrafungen in Form von Tatzen. Das Boot, welches Bieler zum Transport von Donatos Leiche über den Brombachsee zur Verfügung stand und welches der Zeuge recht gut beschrieben hatte. Und mit einiger Wahrscheinlichkeit die geeigneten Räume, um das Opfer zu foltern und gefangen zu halten. Die logische Konsequenz aus all diesen Überlegungen bedeutete dann aber auch unwillkürlich, dass Udo Kern genau dort auch gefangen sein dürfte.

Günter, der sich auf den Tisch gesetzt und die Beine auf die Bank gestellt hatte, kommandierte: „Na dann, hopp – auf gehts, hol mern raus!"

„Und wenn der Bieler bei ihm ist und seine Geisel bedroht? Dann schau mer alt aus. Ich denk, wir sollten mit dem SEK reingehen – oder was meint ihr?“, gab Tom zu bedenken.

Doro und ihre Kollegin nickten; Günter wog den Kopf hin und her. Tom entschied: „Ich ruf das SEK auf, weil etz kommts auf eine halbe Stunde früher oder später auch nicht mehr an!“

Auf der Fahrt nach Absberg telefonierte Tom zunächst mit der Einsatzzentrale und orderte die Wochenendbereitschaftsgruppe des SEK zum Treffpunkt in den Schlosshof von Absberg. Dann informierte er Dieter Härpfer über den Stand der Dinge und schlug ihm vor, Bielers Camper zur Fahndung auszuschreiben. Im Schlosshof angelangt war klar, dass sie sich bis zum Eintreffen des SEK noch gedulden mussten. Tom bat Doro und Susanne, doch schon mal an der Seespitz vorbeizufahren. Günters Vorschlag, dass sie das doch selbst machen könnten, unterband Tom mit der Begründung, Bieler könnte sie wiedererkennen.

„Also, da unten an der Seespitz wimmelt es nur so von Touristen. Die Strände, die Rad- und Fußwege und das Restaurant sind proppenvoll. Das Betriebsgelände, mehrere zusammengebaute Holzgebäude mit einem Innenhof, liegt direkt am Kleinen Brombachsee zwischen dem Restaurant und dem FKK-Strand. Da konnten wir leider überhaupt nix feststellen. Es ist nicht einsehbar und das Zugangstor ist geschlossen. Bielers Camper haben wir auch nicht gefunden.“

Schneller als erwartet trafen der schwarze Mercedes-Geländewagen und zwei schwarze VW-Busse des Spezialeinsatzkommandos ein. Der braungebrannte, kahle Schädel des Gruppenführers streckte sich aus der Beifahrertür.

„Alle guten Dinge sind drei! Wos hobt ihr denn scho wieder?“, blaffte Ben sie an, während er in Springerstiefeln, einer schwarzen Cargohose und einem kurzärmligen schwarzen T-Shirt, das sich straff über seinen muskulösen Oberkörper spannte, entgegenging.

„Servus Ben, ich freu mich auch, dich schon wieder zu sehen“, grinste Tom, um dann sehr ernst und ausführlich die Lage zu beschreiben. Auf Bens Frage, ob sie denn „vor Ort schon aufgeklärt“ hätten, schilderte Doro die Situation an der Seespitz. Dann scharte Ben seine Männer im Halbkreis um sich und zeigte ihnen auf einer elektronischen Karte das Betriebsgelände, welches es zu stürmen galt. Auf seinen Befehl „Aufrüsten!“ begannen die Männer, Schutzwesten und Waffen anzulegen und sich ihre Helme aufzusetzen.

„Ich geh mal davon aus, dass wir keine Zeit mehr verlieren sollten? Wir wären startklar! Haltet euch mit Abstand hinter uns. Dann kanns losgehen!“, meldete Ben.

Über zwei verschiedene Zufahrtsstraßen fuhren die SEK-Fahrzeuge ohne Blaulicht und Martinshorn den Berg zur Seespitz hinunter. Mit offenen Mündern staunten die Urlauber, als die „schwarzen Männer“ am Betriebsgelände aus ihren Fahrzeugen sprangen und gleichzeitig von links und rechts über den Zaun kletterten. Ein weiteres Team flexte das Schloss des großen hölzernen Zugangstors auf. Mit ihren Waffen im Anschlag standen die Männer im Innenhof des Geländes vor den Hallen. Auf Bens Geste, ohne dass ein Wort gesprochen wurde, brachen die Männer das versperrte Hallentor auf. Kaum hatte sich das Auge vom grellen Sonnenlicht auf das Dunkel in der Halle eingestellt, konnten sie mehrere Regale mit einer Vielzahl von Flaschen, Gläsern, Reagenzgläsern und sonstigen Behältern erkennen. Nichts Ungewöhnliches. Nichts, was auf eine Straftat hingedeutet hätte. Gleichzeitig drangen weitere Beamte in den Teil des Gebäudekomplexes ein, der offensichtlich früher als Büro- und Aufenthaltsbereich genutzt worden war. Außer, dass zwischendurch immer wieder ein Beamter „safe“ rief, war nichts zu hören. Als Ben in der zwischenzeitlich durch das aufgeschobene Tor erhellten Halle eine eiserne Seitentür erkannte, winkte er den Kollegen mit der Flex zu sich und wies ihn an, auch diese Tür noch zu öffnen.

Mit einem kreischenden, lauten Geräusch arbeitete sich der Mann durch das Türschloss, bis die Tür urplötzlich mit einem Knall aufsprang. Ein Schwall warmer, stinkender Luft schlug ihnen entgegen. Ben tastete nach einem Lichtschalter, fand diesen und knipste die Neonleuchte an der Decke an. Sie betraten einen vollständig gefliesten Raum, dessen ursprünglich weiße Fliesen verdreckt und unansehnlich waren. Doch ihre Blicke starrten magisch auf die Mitte des Raumes. Dort saß auf einem an einer Bodenplatte festgeschraubten Stuhl ein hagerer Mann, nur mit einer kurzen Hose und einem Shirt bekleidet, Hände und Beine mit Kabelbindern an den Stuhl gefesselt und den Mund mit einem breiten, grauen Klebeband geknebelt. An jeder der beiden Hände war ein Finger völlig zertrümmert. Schwarzes, verkrustetes Blut, Fleisch und Knochensplitter klebten an der Stuhllehne. Der Körper des Gefesselten hing leblos, in sich zusammengesunken in den Fesseln. Ben ging auf ihn zu, streifte seinen Handschuh ab, zog ihm das Klebeband vom Mund und fühlte am Hals nach seinem Puls.

Tom und Günter, Doro und Susanne waren den SEK-Kräften mit ihren zivilen Dienstfahrzeugen gefolgt und in den Innenhof des Betriebsgeländes gefahren.

„Schließt ihr bitte das Tor und haltet die Gaffer fern!", bat er einen der SEKler.

Als sie ihre Autos verlassen hatten, schauten sich die vier enttäuscht an. Es war völlig still, nichts Außergewöhnliches erkennbar.

„Wo is denn der Ben?", fragte Tom die Umstehenden.

Mit ausgestrecktem Zeigefinger deutete einer in die aufgebrochene Halle. Tom ging hinein, sah die seitliche Metalltür und schaute hinein. Geschockt betrachtete er das Bild, welches sich ihm bot: Ben stehend, neben dem im Sitzen gefesselten leblosen Körper, den Finger an dessen Halsschlagader. Hoch konzentriert versuchte Ben, Pulsschlag zu ertasten, konnte aber offensichtlich nichts finden.

„Günter, wir brauchen an Notarzt! Schnell!", brüllte Tom hinaus.

Langsam trat Tom näher. Neben Ben stehend, fragte er: „Und?"

„Ex – ich kann nichts mehr feststellen!", antwortete Ben leise.

„Sicher?"

„Nö! – Ich würde ihn gerne losmachen und in eine stabile Seitenlage bringen. Is des okay?"

Tom stimmte zu. Schnell machte er mit seinem Handy ein paar Fotos von der Auffindesituation und half Ben, nachdem dieser die Kabelbinder durchgezwickt hatte, den Körper auf den Boden zu legen. Gemeinsam drehten sie den Körper in eine stabile Seitenlage. Tom öffnete den Mund, machte mit dem Finger den Rachen frei und überstreckte den Kopf nach hinten. Da plötzlich – eine Regung, ein schwaches Einatmen.

„Er lebt!", schrie Tom. „Er lebt!"

„Lass mal unsere Sanis ran – die sind fit, die kümmern sich, bis der Notarzt da ist", rief Ben und schob Tom zur Seite. Zwei Beamte des SEK waren in den Raum gekommen, hatten ihren Helm und ihre Schutzwesten zur Seite gelegt, einen Sanitätskoffer abgestellt und sich an die Versorgung des Mannes gemacht. Tom, der auf dem Fußboden sitzend sorgenvoll auf das Szenario blickte, erhob sich langsam, klopfte Ben auf die Schulter: „Danke, danke dir, Ben!" Langsam trat er hinaus ins Freie. Grell blendete ihn die Sonne.

„Gott sei Dank, er lebt!", bekräftigte Doro erleichtert. „Is es der Udo Kern?"

„Ja, ohne jeden Zweifel, nach den Fotos, die wir von ihm haben, ist er es!", bestätigte Tom.

„Ich hab übrigens mei Schiffla gefunden!", verkündete sie jetzt deutlich fröhlicher und stolz. „Schau, dort drüben in dem Unterstand steht es auf einem Trailer."

„Und ich war auch nicht untätig, Chef! Ich hab schon mal den Dieter angerufen und gebeten, dass er uns die Spusi schickt. Der ist heilfroh und lässt schöne Grüße ausrichten", meldete Günter.

„Lass uns lieber beim Partner bleiben, Günter. Im Moment is mir gar net so nach Chef", wiegelte Tom ab.

Schon aus einer gewissen Entfernung war das Martinshorn des Notarztes zu hören, der kurze Zeit später auf das Betriebsgelände preschte. Nach einer ersten Versorgung hoben zwei Sanitäter den noch immer bewusstlosen Kern in das Sanitätsfahrzeug.

„Völlig dehydriert! Aber des wird wieder! Wir bringen ihn ins Krankenhaus nach Gunzenhausen", informierte der Notarzt im Vorbeigehen.

Kurz nachdem der Notarzt und das BRK-Fahrzeug das Gelände verlassen hatten, trafen, nahezu zeitgleich, „Boerne" Tomaschek und ein Kollege in ihrem weißen Spurensicherungsbus und Dieter Härpfer in seinem alten, privaten Mercedes-Kombi ein. Ohne viele Worte verschafften sich die Spurensicherer einen Überblick und begannen ihre Arbeit. Härpfer ging zu Tom, Günter und seinen beiden Kolleginnen: „Glückwunsch Leute! Wenn ihr mir einen Mord und einen Vermisstenfall gleichzeitig klärt, kann ich doch net daheim im Liegestuhl rumhängen. Das kann ich mir doch net entgehen lassen!", erklärte er sichtlich aufgekratzt.

Während er sich von Tom den Tatort zeigen ließ, berichtete er, dass die Fahndung nach Dr. Bieler und seinem Fahrzeug schon draußen sei. Weiterhin habe er für den Fall, dass Bieler auftauchen sollte, ein Festnahmeteam der Inspektion Dinkelsbühl zu Marie, Härpfer und eine Besatzung der Inspektion Ansbach an die Hochschule nach Triesdorf beordert. Die Überlegung, wie man sich denn in dem Betriebsgelände auf ein mögliches Eintreffen von Bieler vorbereiten könne, führte zu einer Rücksprache mit Ben. Dieser erklärte sich bereit, eine Halbgruppe seiner Spezialkräfte hier zu belassen, um Bieler gegebenenfalls festzunehmen.

„Dann sollten wir hier aber auch nimmer so lang für Aufgschau sorgen und möglichst schnell wieder den Normalzustand herstellen", gab Tom zu bedenken.

Härpfer beratschlagte sich mit „Boerne", ob es möglich wäre, alle beweglichen Beweismittel im Original zu sichern und die Untersuchung auf der Dienststelle im Labor durchzuführen. Dieser nahm die Idee gerne auf und schätzte, unter diesen Umständen in ein bis zwei Stunden fertig zu sein und abschließen zu können. Tom und Günter erklärten sich bereit, noch so lange zu bleiben und das Gelände dann den SEKlern zu überlassen. Nach und nach verabschiedeten sich Ben und seine Mannen, Doro und ihre Kollegin, Dieter Härpfer und geraume Zeit später auch „Boerne" und sein Kollege, nachdem sie sich schwitzend aus ihren weißen Spusi-Overalls gequält hatten. Tom tauschte mit dem Gruppenführer noch die Erreichbarkeiten aus und verließ dann das Gelände durch das große Holztor. Während er sich zu Günter, der den BMW schon abfahrtsbereit in die Einfahrt gefahren hatte, ins Auto schwang, schloss der SEK-Beamte hinter ihnen das Tor.

Die tägliche Gewohnheit des Hoteliers, nach dem Mittagsbetrieb vom Hotelrestaurant in der Innenstadt zu Fuß nach Hause in die noble Dinkelsbühler Vorstadtsiedlung zu spazieren, war ihm wohl bekannt. So hatte er seinen Camper wieder mit offener Seitentüre an den Fußweg gestellt und in der prallen Nachmittagssonne gewartet. Wie erwartet sah er ihn kommen. Ein korpulenter Mann in den besten Jahren, das Jackett seines Anzugs lässig über der Schulter tragend, marschierte er flotten Schrittes voran. Als er näherkam, konnte er die Schweißperlen, die ihm auf der Stirn standen, erkennen.

„Hallo Samuel, mein Lieber, was machst du denn da? Wartest auf bessere Zeiten?“, fragte er launisch und streckte die Rechte zum Handschlag aus. Noch bevor sich die Hände berührten und sein nächster Satz: „Übrigens, deine Marie – ein echter Goldschatz! Gut, dass ich sie habe …“ ausgesprochen war, hatte ihn der Schlag des Elektroschockers schon getroffen. Ungläubig und überrascht starrend, fiel der Mann um. Ihn mit einem Schubs in das Fahrzeug zu stoßen, war ihm nicht gelungen. Zu schnell war der schwere Körper in sich zusammen und auf den Weg gesunken. Mit aller Kraft packte er den Betäubten unter den Achseln und zerrte ihn hoch. Mehrmals musste er ihn wieder auslassen. Ängstlich, dass sein Tun beobachtet werden könnte, sah er sich um. Benommen kam der am Boden liegende wieder zu sich. Noch bevor dieser realisierte, was geschehen war, zog er ihn mit einem kräftigen Ruck hoch und setzte ihn auf die Schwelle der Schiebetür. Ein heftiger Schmerzensschrei signalisierte ihm, dass er dem Mann dabei wohl die Schulter ausgekugelt hatte. Ein ungläubiger, fragender Blick stand dem Mann in den Augen, als er ihm die Injektion in den Oberarm rammte. Mit Schwung stieß er ihn in das Fahrzeuginnere, fesselte ihm Hände und Beine und verklebte ihm den Mund. Der Schweiß lief ihm in Strömen übers Gesicht. Gerade hatte er das Fahrzeug verlassen und die Schiebetür geschlossen, als ihm

schwarz wurde vor Augen. Er verlor das Gleichgewicht und ließ sich auf einen am Wegrand liegenden Baumstamm nieder.

„Hallo, gehts Ihna net gut? Konn mer was helfen?“, fragte ein älterer Herr besorgt, der sich plötzlich direkt zu ihm herabbeugte. Barsch verneinte er und forderte das Ehepaar auf, ihn in Ruhe zu lassen. Echauffiert über so viel Unfreundlichkeit, wo man doch nur helfen wollte, spazierten sie weiter. Nur mit Mühe raffte er sich hoch, holte sich eine Flasche Mineralwasser aus dem Fahrzeug, trank und benetzte sich Kopf und Gesicht. Nur langsam erholte er sich von seinem Schwächeanfall. Er kletterte auf den Fahrersitz, startete und fuhr sachte, sich immer wieder die Augen reibend, los. Die Pause auf einem schattigen Waldparkplatz tat ihm gut. Die Seitenscheiben geöffnet, genoss er den lauen Luftzug, der durch sein Fahrzeug zog. Tief einatmend lehnte er sich zurück. Erschrocken darüber, kurz eingenickt gewesen zu sein, stieg er aus, spritzte sich Wasser ins Gesicht, dehnte seinen Körper und spannte die Muskeln an. Jetzt war er wieder bei sich. Mit einem kurzen zufriedenen Blick auf den Betäubten startete er und fuhr nach Absberg. Wie immer steuerte er betont langsam auf das Betriebsgelände an der Seespitz zu. Seinen ersten Gedanken, dass Badeurlauber die Einfahrt mit ihrem blauen 3er BMW zugeparkt hätten, verwarf er schnell, als er die beiden Männer sitzen sah und wiedererkannte. „Scheiße, die Bullen!“, stieß er aus und gab Vollgas.

*

... bravourös ...

Günter schrie „Der Bieler“, knallte das Blaulicht aufs Dach und startete durch. Sie konnten gerade noch sehen, dass der Camper nicht auf dem Sträßchen Richtung Absberg weiterfuhr, sondern nach rechts auf den Radweg in den Wald abgebogen war. „Vorsicht Günter, es sind noch so viele Leute unterwegs. Hier kannst eh net überholen. Lass ihm ruhig a bissl Vorsprung. Ich versuch, über Funk Verstärkung zu bekommen.“ Tom schnappte sich das Funkgerät und bemühte sich sachlich und ruhig zu sprechen: „Hallo Zentrale, hier ist Wagen zwei der Soko Hafen. Unser Standort ist Absberg Seespitz. Wir verfolgen den wegen Mordes gesuchten Samuel Bieler. Zielfahrzeug ist ein goldbrauner Mercedes Marco Polo Camper mit Dinkelsbühler Kennzeichen DKB-SB 123. Er fährt auf dem Radweg, wiederhole auf dem Radweg Richtung Enderndorf. Dort bräuchten wir eine Streife, um ihn zu stoppen.“

„Einsatzzentrale – Verstanden, Wagen 2! Frage an Alle: Wer kann unterstützen?“

Mehrere Streifenbesatzungen meldeten ihre Unterstützung an, gaben aber zu bedenken, dass die Anfahrt einige Zeit benötigen würde. Unterdessen folgte Günter dem Camper auf dem Radweg quer durch den Wald. Radfahrer, die Bieler mit ständigem Hupen weggescheucht hatte, standen wild gestikulierend und schimpfend am Wegrand. Als sich der Wald lichtete, steuerte Bieler geradewegs über den Damm des Igelsbachsees auf Enderndorf zu. Ungeduldig fragte Tom, ob denn schon jemand in Enderndorf sei. Eine Streife meldete, dass sie sich auf der Anhöhe zwischen Spalt und Enderndorf befinden würden und „in Kürze“ vor Ort wären. Über mehrere hundert Meter vor ihnen konnten sie den Camper sehen. Doch bei der Vielzahl von Menschen, die an diesem Spätnachmittag noch auf dem Damm flanierten, war an ein Beschleunigen und an ein direktes Heranfahren gar nicht zu denken.

In Enderndorf setzte Bieler seine wilde Fahrt überraschenderweise auf dem Radweg fort, dann steuerte er am Badestrand und Hafen vorbei an das nördliche Ufer des Großen Brombachsees.

„Zielfahrzeug fährt weiter auf dem Radweg am Nordufer des Großen Brombachsees Richtung Allmannsdorf. Zentrale, beordern sie dorthin eine Streife, um den Flüchtenden zu stoppen!“, forderte Tom.

„Verstanden! Wer fährt Allmannsdorf?“

„Hier ist der Dreier, PI Roth. Wir müssten das schaffen und rechtzeitig dort sein.“

Als Bieler in den Bereich kam, wo der Radweg parallel zum Fußweg separat verläuft, beschleunigte er merklich. Günter hatte zu tun, ihn nicht aus den Augen zu verlieren. Nach dem Brücklein über die Bucht von Heiligenblut kam ihm ein Mountainbiker von oben herab mit einer derartigen Geschwindigkeit entgegen, dass er trotz heftiger Bremsaktion einen Aufprall nicht vermeiden konnte. Mit voller Wucht knallte der Radler gegen die Front des Campers und stürzte zur Seite in den Wald. Da Bieler seine Fahrt unbeeindruckt fortsetzte, brüllte ihm der junge, kräftige Mann wütend hinterher: „Du elende Drecksau, wenn ich dich krieg, mach ich dich fertig!“

Günter hielt kurz an und fragte den Gestürzten aus dem Fenster gebeugt: „Sind Sie verletzt?“

„Geht scho – nur Abschürfungen! Seid ihr hinter dem Arschloch her?“

„Ja, den kriegen wir schon! Melden Sie sich bei der Polizei! Okay?“, wies ihn Günter an und setzte die Verfolgung fort.

„Zentrale, hier der Dreier PI Roth. Wir haben die Ausfahrt Allmannsdorf blockiert.“

Bieler jagte auf das nordöstliche Ende des Sees zu, sah den querstehenden Streifenwagen und bog kurz davor nach rechts auf den Damm des Großen Brombachsees ab.

„Das Zielfahrzeug fährt über den Damm in Richtung Pleinfeld", meldete der Dreier aus Roth mit erkennbar erstaunter Stimme.

„Passt scho, wir sind zwei Streifen aus Weißenburg. Fahren jetzt von Süden her auf den Damm und blockieren die Weiterfahrt des Fluchtfahrzeuges!"

Ohne merklich abzubremsen, schleuderte Günter nach rechts und folgte dem Camper direkt auf den Damm des Brombachsees. Hier war Bieler jede Fluchtmöglichkeit verwehrt. Links und rechts war nur die steil abfallende Böschung, rechts lag die riesige Wasserfläche des Sees. Als Bieler sah, wie sich die ihm entgegenkommenden Streifenwagen querstellten und ihm jede Durchfahrtsmöglichkeit nahmen, bremste er abrupt ab. Blieb eine Zeit lang mit laufendem Motor stehen, um dann rückwärts in Richtung der Böschung zum See zu steuern. Vorsichtig rollten die hinteren Räder wenige Zentimeter über die Kante der Böschung. So blieb er stehen, stellte den Motor ab und öffnete das Seitenfenster auf seiner Fahrerseite. Tom und Günter, die ihm bis auf wenige Meter gefolgt waren, konnten erkennen, dass er etwas zwischen den Sitzen zu sich heranzog. Sie öffneten ihre Türen, stiegen aus und blieben dahinter stehen. Auf Bielers hochrotem Kopf spiegelte sich der Schweiß. In der rechten Hand hielt er ein Messer mit beachtlicher Klingenlänge. Immer wieder fuchtelte er damit herum und machte die Beamten auf seine Waffe aufmerksam.

Zwischenzeitlich war der Damm menschenleer. Die Streifenbesatzungen hatten auf beiden Seiten dafür gesorgt, dass niemand mehr den Damm betreten konnte. In der Mitte jetzt nur noch der Camper, der bei der geringsten Bewegung nach hinten in den See zu stürzen drohte, und wenige Meter entfernt der BMW, hinter dessen Türen Tom und Günter Schutz gesucht hatten.

„Hoffmann, ziehen Sie ihre Leute ab und lassen Sie mich gehen, sonst stirbt hier ein Mensch!", brüllte Bieler mit sich überschlagender Stimme.

„Bieler, bitte, seien Sie vernünftig. Sie wissen genau, dass wir Sie nicht einfach gehen lassen können", antwortete Tom.

„Sprechen Sie mich gefälligst mit meinem Namen an: Dr. Bieler! Haben Sie mich verstanden, Sie Prolet?"

Während Tom mit Bieler zu sprechen begann, griff Günter nach dem Funkgerät und forderte über die Zentrale die Verhandlungsgruppe an und bat darum, dass man Marie Wägener herbringen solle. Kaum hatte die Zentrale bestätigt, meldete sich der Gruppenführer des SEK und teilte mit, dass er seine Einheit vom Betriebsgelände an der Seespitz auch schon an den Damm verlegt hätte. Ein Notzugriff sei aber, aufgrund der Geländebeschaffenheit wohl kaum möglich, gab er einschränkend zu bedenken. Seine Männer könnten sich dem Fluchtfahrzeug über die Böschung nicht unbemerkt nähern.

„Wen haben Sie denn da bei sich, Herr Dr. Bieler?"

„Den Mühlberger, den alten Schweinepriester!"

„Und wer bitte ist der Mühlberger?"

„Der Hotelier aus Dinkelsbühl. Maries Arbeitgeber, der die Finger nicht von ihr lassen kann. Von dem ich geglaubt habe, dass er mit mir befreundet sei. Der nicht weiß, was sich gehört. Ohne jede Moral und Anstand. Einer, der eine gerechte Strafe verdient hat!"

„Aber was haben Sie denn vor? Wie soll das denn hier weitergehen?"

„Wenn Sie mir keinen freien Abzug gewähren, schneid ich ihm die Kehle durch, löse die Feststellbremse und wir rollen die Böschung runter in den See. Hier ist der See dreißig Meter tief. Ich hab schon alle Fenster geöffnet. Da ist die Kiste gleich vollgelaufen und wir sind für immer weg – fini!"

„Hat Ihnen denn die Marie gesagt, dass der Mühlberger sie belästigt hat?"

„Das musste sie nicht. Das hab ich mit eigenen Augen gesehen. Der hat sie betatscht und abgeknutscht."

„Die Marie wird hierhergebracht. Sollten wir uns nicht anhören, was sie dazu zu sagen hat?"

„Von mir aus!"

Während alle auf das Eintreffen von Marie warteten, gab Günter zu bedenken, dass Bieler ja mit seinem Vorwurf gegen Mühlberger recht haben könnte. „Dann is es mir allemal lieber, sie lügt ihn nochmal an, als dass er den Mühlberger auch noch umbringt", entschied Tom. Hinter ihnen kam der Streifenwagen mit Blaulicht zum Stehen. Marie Wägener stieg aus, rannte auf sie zu und schrie zu Bieler:

„Samuel, was machst du denn da? Bitte hör auf – Bitte!"

Tom zog sie zu sich hinter die Beifahrertür und fragte, ob sie von Mühlberger belästigt worden sei oder ein Verhältnis mit ihm habe. „So ein Quatsch, natürlich nicht! Bitte lassen Sie mich mit ihm sprechen. Er muss den Mühlberger frei lassen."

Bieler fiel ihnen ins Wort: „Marie, ich hab doch gesehen, wie er dich am Hinterausgang vom Hotel betatscht und abgeknutscht hat! Jetzt bekommt er seine gerechte Strafe!"

„Samuel, nein; bitte, das stimmt so nicht. Er hat mich dort vor ein paar Tagen ein einziges Mal umarmt und mir ein Küsschen auf die Wange gegeben. Als Dankeschön dafür, dass ich ihn vor einer saftigen Steuernachzahlung bewahren konnte. Das war alles. Der Mühlberger ist ein Gentleman, der hat mir nichts getan. Bitte Samuel, du tust ihm Unrecht! Lass ihn gehen, bitte!"

„Ist das die Wahrheit, Marie?"

„Ja Samuel, ehrlich! Bitte lass ihn gehen!"

Minutenlange Stille, dann schlüpfte Bieler zwischen den Sitzen nach hinten, schob die Seitentür auf und schubste Mühlberger aus dem Fahrzeug. Dieser rappelte sich qualvoll auf und kroch langsam auf den BMW zu. Günter winkte sich einen der Beamten aus dem Streifenwagen, mit dem Marie gebracht worden war, zu sich und ging mit erhobenen Händen auf Mühlberger zu. Nur mit größter Anstrengung konnten die beiden den noch benommenen, schweren Mühlberger bis hinter den BMW in Sicherheit bringen. Günter setzte ihn ins Gras und gab ihm zu trinken. Ein Rettungswagen rollte heran. Die Sanitäter legten Mühlberger auf die Trage, schoben ihn in das Fahrzeug und fuhren mit Blaulicht davon.

Bieler hatte sich mittlerweile wieder auf den Fahrersitz gesetzt. Mit dem Messer am Unterarm begann er zu dozieren:

„Wo keine Schuld ist, da kann es auch keine Strafe geben. Doch wer sich schuldig gemacht hat, der hat sich eine gerechte Strafe verdient. Die Justiz kann Recht sprechen, gleichwohl bleibt die Gerechtigkeit manchmal auf der Strecke. Nur was explizit strafbewehrt ist, kann bestraft werden. Moralische Verfehlungen bleiben ungesühnt. Aber auch hier bedarf es einer gerechten Strafe. Dabei darf die Strafe nicht größer sein als die Schuld."

„Ich weiß, Dr. Bieler – Cicero!"

„Sie kennen Cicero, Hoffmann? Ich bin erstaunt", erwiderte er und fuhr fort: „Strafe kann eine Befreiung sein. Wenn die Gerechtigkeit obsiegt, ist das immer ein glorreicher Moment!"

„Haben Sie das bei Ihrem Vater auch so empfunden, Samuel?"

Bieler schwieg auf diese Frage, dachte nach, fuhr sich durch die Haare. Tom hatte den wunden Punkt getroffen. Dann plötzlich:

„Ja, ja, da war es auch so. Längst hatte er seine gerechte Strafe verdient gehabt. Und es war so einfach. Es bedurfte nur dieses faustgroßen Steins, ein Schlag auf die Finger, so wie ich es hunderte Male zu spüren bekommen hatte. Dieser eine Schlag genügte als Befreiung. Er ließ das Seil, über das er geklettert war und an dem er sich festhielt, los und stürzte in die Tiefe! Eine Befreiung für uns, meine Mutter und mich. Alles war vorbei – fini!"

Selbst auf die Entfernung konnte Tom sehen, dass Bieler jetzt von Weinkrämpfen geschüttelt wurde. Minutenlang reagierte er nicht mehr auf Toms Ansprache. Als er sich offensichtlich wieder im Griff hatte, fuhr er fort:

„Hoffmann, sagen Sie mir jetzt bloß nicht, dass ich aufgeben soll und dann alles gut werden würde. Auch ich habe eine gerechte Strafe verdient – nicht wahr?"

„Das ist schon richtig, Herr Dr. Bieler. Sie werden sich für Ihre Taten verantworten müssen."

„Sehen Sie, dann würde ich jetzt doch eine versöhnliche Lösung präferieren. Ich schneide mir die Pulsader auf, löse die Feststellbremse und lasse mich mit dem Fahrzeug in den See rollen. Problem gelöst!", sagte er gefühlskalt.

Fieberhaft überlegte Tom, wie er Bieler von seinem Vorhaben abbringen könnte. In einem Seminar hatte er mal gehört, man solle Suizidenten ein Licht am Ende des Tunnels aufzeigen. Aber welches Licht? Was hatte Bieler zu erwarten? Knast und Psychiatrie für viele Jahre. Die Gedanken in Toms Kopf rasten. Wo war das positive Bild? Was könnte er ihm sagen?

„Herr Dr. Bieler, Sie haben eine bildschöne Freundin, die Sie ehrlich liebt und zu Ihnen steht. Wenn Sie sich für ihre Taten verantworten und sich helfen lassen, würde Marie sich um Ihr Häuschen kümmern. Marie käme Sie besuchen, würde Ihnen Mut zusprechen, wäre ein geliebter Gesprächspartner. Und dann Dr. Bieler, eines Tages, werden Sie mit ihr wieder in Ihrem idyllischen Garten sitzen. Ist das keine erstrebenswerte Vorstellung?"

Unschlüssig spielte er mit seinem Messer, dessen Klinge in der untergehenden Sonne blitzte. Langsam öffnete sich die Fahrertür, und er setzte an auszusteigen. Doch dann überlegte er es sich wieder anders und zog die Tür wieder hinter sich zu. Toms weitere einfühlsame Versuche ihn anzusprechen, blieben nun unbeantwortet. Nachdem Bieler eine gefühlte Ewigkeit nicht mehr reagierte, stieg Marie, die im Fond des BMW alles mitbekommen hatte, aus und rief mit tränenerstickter Stimme: „Samuel, bitte komm her zu mir!"

Langsam öffnete sich die Fahrertür des Campers erneut, Bieler stieg aus, legte das Messer neben sich auf den Boden und ging mit erhobenen Händen in Richtung des BMW. Von links und rechts stürmten die SEK-Beamten über die Böschung herauf, um ihn festzunehmen. Geknickt, zwischen zwei SEK-Hünen, wurde Bieler an Tom und Günter vorbeigeführt.

„Ich steh zu dir, Samuel! Immer!", flüsterte ihm Marie zu.

Als sich die Szenerie langsam aufgelöst hatte, Marie weggebracht und nur noch ein paar Beamte mit Bielers Camper beschäftigt waren, fragte Günter: „Meinst du, dass die beiden wirklich eine realistische Zukunft haben werden und er Marie verzeihen kann, wenn er erfährt, dass sie ihn belogen hat und seine Taten so völlig sinnlos waren?"

„Ich weiß es nicht, Günter. Aber es ist mir allemal lieber, dass heute nicht noch jemand sterben musste oder er sich selbst gerichtet hätte."

Tom blickte über die große Wasserfläche des Sees in Richtung der am Horizont versinkenden Sonne. Längst war die Dunkelheit hereingebrochen, ohne dass er es wahrgenommen hatte.

Mit geschlossenen Augen, auf dem Rücken liegend fragte sich Tom in seinem Bett, was ihn denn geweckt hatte. Na klar, der Motorrasenmäher seines Nachbarn Willi, der in Alter und Klapprigkeit dessen VW-Bus in nichts nachstand. Neben dem Motor verursachte das Schleifen der Mähmesser auf den Rabatten, über die Willi gefühllos bretterte, grässlich kreischende Geräusche. Blinzelnd öffnete er die Augen und stellte fest, dass die Sonne bereits ins Schlafzimmer schien. Das Bett neben ihm war leer. Trotz der Aufregungen des gestrigen Tages hatte er ausgesprochen gut und mit einem Blick auf den Wecker, der „10.07." anzeigte, auch lange geschlafen. Gedanklich vervollständigte er seine Orientierung: Sonntag, arbeitsfrei und Geburtstag, ja – heute hatte er Geburtstag. In der sicheren Erwartung, gleich von seiner Familie jubelnd begrüßt und beglückwünscht zu werden, trottete er hinab in die Küche. Doch nichts als Stille. Auf dem Esstisch ein Zettel, auf dem handschriftlich gekritzelt stand: „Bin mit Evi beim Joggen – die Jungs auf dem Fußballplatz! BB“ für „Bussi Biggi“. Aufkeimende Enttäuschung ertränkte er in zwei Espressi und gönnte sich dazu eine Honigsemmel und ein Joghurt zum Frühstück. Während einer ausgiebigen Dusche glaubte Tom, sein Handy zu hören. Ohne Eile spülte er sich Shampoo und Duschgel vom Körper, um danach den ersten Gratulanten zurückzurufen. Trocken gerubbelt, fuhr er sich ein paar Mal mit den Händen über den Kopf und ließ seine Haare so strubbelig stehen, wie sie waren. Als das Handy erneut klingelte, nahm er ab.

„Morgen Tom, hier ist der Dieter Härpfer! Es tut mir leid, dass ich dich am Sonntag auch noch störe; aber ich brauch dich! Es ist noch nicht zu Ende. Das, was wir jetzt haben, setzt dem Ganzen die Krone auf! Kannst du bitte kommen?“

„Ja, schon – wohin denn?“

„Zum Strandhaus West – kennst du das?“

„Ja, am Großen Brombachsee bei Pleinfeld – kenn ich vom Vorbeiradeln!“

„Bis wann kannst du da sein?“

„In einer knappen Stunde könnte ich da sein.“

„Okay, super Tom. Also, bis dann!“, erwiderte Härpfer knapp und legte auf.

Tom war perplex. Was hatte er denn gemeint und warum hatte er nicht gesagt, was sie hatten? Hatten sie womöglich noch ein Versteck, ein Depot oder gar noch eine Leiche gefunden? Sauer darüber, so einfach herzitiert zu werden, zog er sich Jeans und Polohemd an. Den Zettel auf dem Esstisch ergänzte er mit: „Bin auch nochmal kurz weg! BT“. Auf der Fahrt machte er sich Gedanken, ob möglicherweise der junge Donato etwas mit der heutigen Sache zu tun haben könnte. Das Wassersportzentrum der Uni lag nur wenige hundert Meter vom Strandhaus West entfernt. Aber er konnte sich keinen Reim darauf machen.

Als er an dem Restaurant „Strandhaus West“ im Schatten der Bäume, oberhalb von einem großen Sandstrand des Sees ankam, konnte er zunächst nichts Außergewöhnliches erkennen. Im Vorbeigehen sah er, dass im Restaurant ein Teil mit Stellwänden abgetrennt war und ein Schild auf eine „Geschlossene Gesellschaft“ hinwies. Eine freundlich lächelnde Bedienung deutete ihm durch die Glasscheiben an, um das Gebäude herum in den kleinen Biergarten zu gehen. Als er um die Ecke trat, ertönte aus zweidutzend Kehlen ein lautes „Happy birthday to you, happy birthday ...“ Dahinter verstärkten seine Söhne an ihren Gitarren und deren Musiklehrerin an einem Keyboard den Chor. Überwältigt ließ er die Überraschung auf sich wirken. Dann schimpfte er mit gespielter Empörung mit Dieter Härpfer: „Dieter, du elender Fregger! Du lässt dich von dieser Saubande vor den Karren spannen. Ich bin zutiefst enttäuscht von dir!“ Sein Gesichtsausdruck veränderte sich in ein breites, glückliches Lachen: „Danke, danke, danke! Die Überraschung ist euch gelungen. Schön, dass ihr alle da seid! Ich freu mich riesig.“

Biggi trat aus der Gruppe hervor, küsste und umarmte ihn: „Herzlichen Glückwunsch, mein Schatz! Alles, alles Liebe und Gute!“ Die Gratulationskur war eröffnet. Alle waren da, umarmten und beglückwünschten Tom:

Härpfer, „Boerne“, Doro und Susanne, Heiner Schulz aus Ansbach, Günter und seine Frau, Sandra Keller, Joe und, welche Überraschung, Toni. Außerdem Matthias Wagner und Leander Korn aus München, Verwandte und Freunde, unter ihnen auch sein Nachbar Willi mit Gemahlin. „Du hast doch grad noch Rasen gemäht?“, fragte Tom erstaunt. „Ja klar, ich bin ein Teil des Systems. Ich war der Weckdienst!“, gab er grinsend zu.

Alle erhoben ihre Gläser. Mit einem kräftigen „Hoch soll er leben ...“ stießen sie auf ihn an. Tom bat seine Söhne und deren Musiklehrerin zu sich und forderte von den Gästen für die erstklassige Band ein dreifaches „Hipp, hipp – hurra!“

Dann eröffnete Biggi das Buffet. Die Gäste bedienten sich selbst und ließen sich mit ihren Speisen und Getränken im kleinen Biergarten gemütlich nieder. Es herrschte eine entspannte, gelöste Stimmung. Fröhlich lachend prosteten sie sich immer wieder zu und unterhielten sich blendend.

„Toni, ich freu mich so sehr, dass du auch gekommen bist. Wie gehts dir denn?", erkundigte sich Tom. „Molto bene, Danke Tom – mir gehts wirklich sehr, sehr gut. Aber der Joe kann es dir noch ein bisschen besser erklären."

Verwundert schaute Tom Joe an, der glücklich lächelnd erklärte: „Ja Tom, ich werde den Dienst quittieren und mit der Toni nach Rom gehen. Mein Traum wird wahr! Wir lieben uns so sehr, dass wir nicht mehr voneinander lassen möchten. Da war nur noch die Frage, wo wir leben wollen, hier oder in Rom. Und nachdem ich ein totaler Fan der Ewigen Stadt bin, mussten wir nicht lange überlegen."

„Jetzt bin ich aber baff! Glückwunsch, ich freu mich für euch. Und Grillos dunkle Geschäfte aufzuarbeiten, überlässt du jetzt uns, oder wie?"

„Na, so schnell schießen die Preußen auch wieder nicht. Ein paar Wochen bin ich schon noch da. Erst wenn alle dienstlichen Dinge geklärt sind und ich meine Eigentumswohnung verkauft habe, werde ich mich dann tatsächlich vom Acker machen."

„Tom, würdest du bitte mal mitkommen? Ich muss dir was beichten", flüsterte Biggi, zog ihn am Arm zu sich heran und führte ihn zum benachbarten Gebäude, über dessen Eingang in großen bunten Lettern „SUP-Shop Pleinfeld" prangte.

„Hey, schau mich net so an. Du schaust so erschrocken, als hättest du Angst, dass ich dir gleich eine Liebschaft beichten werde. Keine Angst mein Lieber, ich bleib dir schon noch a bissl erhalten. Ich wollte dir nur erklären, warum ich am Freitag, als ich vom Stammtisch nach Hause kam, nicht reagiert habe, als du mir gesagt hast, du wärst auf was Wichtiges gestoßen und müsstest am Samstag weg. Der Grund war ganz einfach: Ich war echt froh darüber, weil ich für das alles hier noch so viel vorzubereiten hatte. Und das Zweite, was ich erklären möchte, ist mein nächtlicher Ausflug, als du früher von Rom zurückgekommen warst. Ich hatte mich an diesem Abend mit diesem schnuckeligen jungen Mann hier verabredet. Darf ich vorstellen: Das ist der Chris Seitzinger vom SUP-Shop.

„Servus Tom, schon viel von dir gehört!", begrüßte ihn der große, schlanke Mann in Bermudashorts und T-Shirt und streckte ihm lächelnd die Hand entgegen.

„Der Chris und seine Freundin betreiben hier den SUP-Shop, und ich hab an dem Abend bei den beiden eine Trainingsstunde Standup-Paddeln genommen. Außerdem musste ich mich an diesem Abend entscheiden, welches Board jetzt genau dein Geburtstagsgeschenk werden sollte. „Und Tärä – bitteschön! Hier ist dein Geburtstagsgeschenk von den Jungs und mir, mein Schatz!", rief Biggi und zeigte mit einer schwungvollen Geste auf ein SUP-Board.

„Wow, jetzt bin ich aber baff! Das ist ja super – saustark! Ich freu mich! Danke Biggi!"

„Wenn du magst, sag ich kurz ein paar Worte zu dem Teil", mischte sich Chris ein. „Also, das ist ein Premium Board – im Test mit sehr gut bewertet. Hervorragende Wende- und Gleiteigenschaften und sehr kippstabil. Farblich haben wir deine Lieblingsfarbe blau gewählt. Das Zubehör ist vollständig, Pumpe, Tasche und so weiter. Das Paddel ist aus Carbon, das heißt besser und vor allem leichter als Fiberglas oder Alu. Wenn du Lust hast, geht die Regine mit dir zum See runter und gibt dir schon mal eine kleine Einweisung."

Begeistert stimmte Tom zu und nahm seine erste SUP-Trainingseinheit. Mit einem Getränk im Sand sitzend, beobachtete seine Familie amüsiert Toms erste wackelige Versuche, auf dem

Paddelboard zu stehen und vorwärtszukommen.

Stunden später, der Abend dämmerte schon, schlug Biggi vor, gemeinsam mit Tom ein bisschen auf den See hinaus zu paddeln. „Sundowner-Tour“ würde der Chris das nennen. Stolz schob Tom sein neues Board ins Wasser, machte ein paar Schläge und war erstaunt, wie Biggi sich auf ihrem geliehenen Board gekonnt vorwärts bewegte. „Hey, du hast ja wohl heimlich trainiert. Das sieht echt cool aus bei dir!“, lobte Tom. So paddelten sie ein Stück weit auf den See hinaus. Es wurde still um sie herum. Im Westen lag der See vor ihnen und bot im Sonnenuntergang ein faszinierendes Bild. Sie setzten sich auf ihre Boards, hielten sich an den Händen fest und genossen den Augenblick.

„Heißt des etz eigentlich „Abendrot – Schönwetterbot“ oder „Schlechtwetterbot“? Des weiß ich nie genau“, fragte Biggi.

„Keine Ahnung, das weiß ich etz auch nicht sicher. Aber wart doch einfach bis morgen früh, dann siehst es schon“, antwortete Tom gewohnt pragmatisch, mit einem verschmitzten Grinsen im Gesicht.

„Hey, du bist so a Gscheiterla!“

Glossar

DIA
Die Direzione Investigativa Antimafia (DIA) ist ein nationales italienisches Kriminalamt zur Bekämpfung der Mafia und ähnlicher Formen der Organisierten Kriminalität. Die DIA untersteht dem italienischen Innenministerium in Rom.

LKA
Das Landeskriminalamt, in Bayern mit Hauptsitz in München, ist die Zentralstelle der Landespolizei in den einzelnen Bundesländern. Es gibt also nur ein Bundeskriminalamt (BKA) und 16 Landeskriminalämter.

OFA
Die Operative Fallanalyse wird von Fallanalytikern der Polizei bei ungeklärten Verbrechen eingesetzt, um neue Ermittlungsansätze zu erhalten. Dabei werden die objektiven Daten der Tat einer neuen Bewertung unterzogen, um Hypothesen über ihren Hintergrund aufzustellen.

OK
Organisierte Kriminalität bezeichnet Gruppierungen, die kriminelle Ziele systematisch verfolgen, wobei Gewinn- und Machtstreben der Hauptmotivator für das kriminelle Tun ist und auch vor Gewalt und Einschüchterung nicht zurückgeschreckt wird. Klassische Phänomene sind die italienischen Mafiaorganisationen, Drogenkartelle oder kriminelle Rockergruppierungen.

Vertrauensperson (VP)
ist, wer, ohne einer Strafverfolgungsbehörde anzugehören, bereit ist, diese bei der Aufklärung von Straftaten auf längere Zeit zu unterstützen. Ein „Verdeckter Ermittler“ hingegen ist Mitarbeiter einer Strafverfolgungsbehörde.

Weinig'sches Spurenkreuz
veranschaulicht die Wechselbeziehung zwischen den möglichen Spurenträgern Täter, Opfer, Tatwaffe und Tatort. Jeder Spurenträger kann Spuren am anderen Spurenträger hinterlassen, die es zu finden gilt.

Fränkisch g'socht:

Äbiernsack
Kartoffelsack. Der fränkische Begriff für Kartoffel variiert je nach Region sehr stark, bezieht sich aber meist auf heimisches Obst wie Apfel oder Birne und den Ort, auf dem es wächst, nämlich Grund oder Erde. So entsteht im Dialekt die Erdbirne (Äbiern), der Erdapfel (Ärbpfl) oder die Grundbirne (Grumm'bian). Im Raum Nürnberg-Erlangen ist zudem der Begriff „Bodaggn" gebräuchlich, der seinen Ursprung im Wort „Potake" hat, welches vermutlich aus der Indianersprache Haitis kommt.

Fregger (Hundsfregger)
einer, der gewitzt und lustig bis flegelhaft ist. Der Wortursprung ist auf „verrecken" zurückzuführen, also ursprünglich „Einer, der elend stirbt". So hat sich die Wortbedeutung komplett ins Gegenteil verändert.

Gfredd
Ärger, knifflige Arbeit

Gschmarri
Geschwätz

Gwerch
Unordnung / Unruhe

Hirnheiner
Dummkopf

Saure Zipfl
sind fränkische Bratwürste in einem süß-sauren (blauen) Sud, mit vielen Zwiebeln eingekocht.

Schiggsn
aufgetakelte Frau

Seidla
ein halber Liter Bier; in Franken üblicherweise in einem Steinkrug.

Stodterer
Großstädter

Waggerla
Bezeichnung für ein Kind oder auch für eine hübsche Frau

Spannend, realitätsnah, fränkisch ... ein Fall für Tom Hoffmann, den Hauptkommissar der OK-Dienststelle

Hoffmanns Freund und Informant Carlo Renzi, ein italienischstämmiger Sportjournalist, wurde auf offener Straße erschossen. Dank Renzis Hilfe hatten Hoffmann und sein Team vor Kurzem eine sogenannte Crystal-Connection hochgehen lassen. War der Mord ein Racheakt für Renzis Spitzeltätigkeit bei der Polizei? Wer profitiert von seinem Tod? Ein Mitglied der Crystal Connection? Ein Spieler des 1. FCN, der sich durch Renzis Recherchen bedroht fühlte? Oder ist der Täter im privaten Umfeld des Ermordeten zu finden?

Die heißeste Spur führt ins Fränkische Seenland: Dort fokussieren sich die Ermittlungen auf den „Nachtgiger", was den Durchbruch im Mordfall Renzi zu bringen scheint.

Doch dann kommt die nächste Hiobsbotschaft ...
Den Leser erwartet ein spannender Kriminalroman mit reichlich fränkischem Lokalkolorit. Aufgrund der jahrzehntelangen kriminalistischen Berufserfahrung des Autors bekommt der Leser einen realitätsnahen Einblick in die kriminalpolizeiliche SoKo-Arbeit.